Soie

Alessandro Baricco

Soie

ROMAN

traduit de l'italien
par Françoise Brun

Albin Michel

« *Les Grandes Traductions* »

Titre original :

SETA

© R.C.S. Libri & Grandi Opere S.p.A., Milan, 1996

Traduction française :

© Éditions Albin Michel S.A., 1997
22, rue Huyghens, 75014 Paris

ISBN 2-226-08881-4
ISSN 0755-1762

1.

Bien que son père eût imaginé pour lui un brillant avenir dans l'armée, Hervé Joncour avait fini par gagner sa vie grâce à une profession insolite, à laquelle n'étaient pas étrangers, par une singulière ironie, des traits à ce point aimables qu'ils trahissaient une vague inflexion *féminine*.

Pour vivre, Hervé Joncour achetait et vendait des vers à soie.

On était en 1861. Flaubert écrivait *Salammbô*, l'éclairage électrique n'était encore qu'une hypothèse et Abraham Lincoln, de l'autre côté de l'Océan, livrait une guerre dont il ne verrait pas la fin.

Hervé Joncour avait trente-deux ans.

Il achetait, et il vendait.

Des vers à soie.

2.

En réalité, Hervé Joncour achetait et vendait des vers à soie quand ces vers étaient encore sous la forme d'œufs minuscules, d'une couleur jaune ou grise, immobiles et en apparence morts. Sur la seule paume de la main, il pouvait en tenir des milliers.

« Ce qui s'appelle avoir une fortune entre les mains. »

Aux premiers jours de mai, les œufs s'ouvraient, libérant une larve qui, après trente jours d'alimentation forcenée à base de feuilles de mûrier, travaillait à se réenfermer dans un cocon, pour s'en évader ensuite définitivement deux semaines plus tard en laissant derrière elle un patrimoine équivalant en fil à mille mètres de soie grège et en argent à une quantité considérable de francs français : à la condition que tout se déroulât dans le respect des règles et, ce qui était le cas pour Hervé Joncour, dans quelque région du midi de la France.

Lavilledieu était le nom de la bourgade où vivait Hervé Joncour.

Hélène, celui de sa femme.

Ils n'avaient pas d'enfants.

3.

Pour éviter les ravages des épidémies qui affectaient de plus en plus souvent les élevages européens, Hervé Joncour allait acheter les œufs de vers à soie jusque de l'autre côté de la Méditerranée, en Syrie et en Égypte. En cela résidait l'aspect le plus spécifiquement aventureux de son travail. Chaque année, aux premiers jours de janvier, il partait. Il traversait mille six cents milles de mer et huit cents kilomètres de terre. Il choisissait les œufs, négociait le prix, achetait. Puis il faisait demi-tour, traversait huit cents kilomètres de terre et mille six cents milles de mer et s'en revenait à Lavilledieu, en général le premier dimanche d'avril, en général à temps pour la grand-messe.

Il travaillait encore deux semaines à emballer les œufs et à les vendre.

Le reste de l'année, il se reposait.

4.

– Et elle est comment, l'Afrique ? – lui demandaient les gens.

– Fatiguée.

Il avait une grande maison à la sortie du bourg et un petit atelier, dans le centre, juste en face de la maison abandonnée de Jean Berbek.

Jean Berbek avait décidé un jour de ne plus parler. Il tint promesse. Sa femme et ses deux filles le quittèrent. Il mourut. De sa maison, personne n'avait voulu, et c'était donc maintenant une maison abandonnée.

À acheter et vendre des vers à soie, Hervé Joncour gagnait chaque année une somme suffisante pour assurer à sa femme et à lui-même ce confort qu'en province on tendrait à nommer luxe. Il jouissait avec discrétion de ses biens, et la perspective, vraisemblable, de devenir réellement riche, le laissait tout à fait indifférent. C'était au reste un de ces hommes qui aiment *assister* à leur propre vie, considérant comme déplacée toute ambition de *la vivre*.

On aura remarqué que ceux-là contemplent leur destin à la façon dont la plupart des autres contemplent une journée de pluie.

5.

Si on le lui avait demandé, Hervé Joncour aurait répondu que sa vie continuerait ainsi toujours. Au début des années soixante, cependant, l'épidémie de pébrine qui avait rendu inutilisables les œufs des élevages européens se répandit au-delà des mers, jusqu'en Afrique et même, selon certains, jusqu'en Inde. Hervé Joncour rentra de son voyage habituel, en 1861, avec un approvisionnement en œufs qui se révéla, deux mois plus tard, presque totalement infecté. Pour Lavilledieu, comme pour tant d'autres villes qui fondaient leur richesse sur la production de la soie, cette année-là parut représenter le début de la fin. La science se montrait incapable de comprendre les causes des épidémies. Et la terre entière, jusque dans ses régions les plus reculées, paraissait prisonnière de ce sortilège sans explication.

– Pas *toute* la terre, dit doucement Baldabiou, pas *toute*, en versant deux doigts d'eau dans son verre d'anisette.

6.

Baldabiou était l'homme qui, vingt ans plus tôt, était arrivé dans le bourg, s'était dirigé droit sur le cabinet du maire, y était entré sans se faire annoncer, avait posé sur son bureau une écharpe en soie couleur de crépuscule et lui avait demandé

– Savez-vous ce que c'est ?

– Affaires de femme.

– Erreur. Affaires d'homme : de l'argent.

Le maire le fit jeter dehors. Lui, il construisit une filature, en bas, près de la rivière, un hangar pour l'élevage des vers à soie, accolé à la forêt, et une petite église consacrée à sainte Agnès, au croisement de la route pour Viviers. Il engagea une dizaine d'ouvriers, fit venir d'Italie une mystérieuse machine en bois, toute en engrenages et en roues, et ne dit plus rien pendant sept mois. Puis il revint chez le maire et posa sur son bureau, bien alignés, trente mille francs en grosses coupures.

– Savez-vous ce que c'est ?

– De l'argent.

– Erreur. C'est la preuve que vous êtes un con.

Puis il reprit les billets, les glissa dans son portefeuille et fit mine de partir.

Le maire l'arrêta.

– Que diable devrais-je faire ?

– Rien : et vous serez le maire d'une petite ville riche.

Cinq ans plus tard, Lavilledieu avait sept filatures et était devenu l'un des principaux centres européens de sériciculture et de filage de la soie. Tout n'appartenait pas à Baldabiou. D'autres notables et propriétaires terriens locaux l'avaient suivi dans cette curieuse aventure industrielle. À chacun d'eux, Baldabiou avait dévoilé, sans difficultés, les secrets du métier. C'était bien plus amusant pour lui que faire de l'argent à la pelle. Enseigner. Et avoir des secrets à raconter. Il était comme ça, cet homme.

7.

Baldabiou était aussi l'homme qui, huit ans plus tôt, avait changé la vie d'Hervé Joncour. C'était à l'époque où les premières épidémies commençaient à attaquer la production européenne de vers à soie. Sans se troubler, Baldabiou avait étudié la situation et était parvenu à la conclusion que le problème n'était pas à résoudre mais à contourner. Il avait l'idée, il ne lui manquait que l'homme. Il sut l'avoir trouvé quand il vit Hervé Joncour passer devant le café de Verdun, élégant dans son uniforme de sous-lieutenant d'infanterie et fier avec son allure de militaire en permission. Hervé Joncour avait vingt-quatre ans, alors. Baldabiou l'invita chez lui, étala sous ses yeux un atlas rempli de noms exotiques et lui dit

– Félicitations. Tu as enfin trouvé un travail sérieux, mon garçon.

Hervé Joncour écouta toute une histoire qui parlait de vers à soie, d'œufs, de Pyramides et de voyages en bateau. Puis il dit

– Je ne peux pas.

– Pourquoi ?

– Parce que dans deux jours ma permission est terminée, je dois rentrer à Paris.

– Carrière militaire ?

– Oui. C'est ce que mon père a décidé.

– Ce n'est pas un problème.

Il prit Hervé Joncour avec lui et l'emmena chez son père.

– Savez-vous qui c'est ?

– Mon fils.

– Regardez mieux.

Le maire se laissa aller contre le dossier de son fauteuil de cuir, et commença à transpirer.

– Mon fils Hervé, qui dans deux jours remontera à Paris, où l'attend une brillante carrière dans notre armée, si Dieu et sainte Agnès le veulent.

– Exact. Sauf que Dieu est occupé ailleurs et sainte Agnès déteste les militaires.

Un mois plus tard, Hervé Joncour partit pour l'Égypte. Il voyagea sur un bateau qui s'appelait l'*Adel*. Dans les cabines arrivait l'odeur des cuisines, il y avait un Anglais qui disait s'être battu à Waterloo, le soir du troisième jour on vit des dauphins luire à l'horizon comme des vagues ivres, à la roulette le seize n'arrêtait pas de sortir.

Il revint deux mois plus tard – le premier dimanche d'avril, à temps pour la grand-messe – avec des milliers d'œufs maintenus par de la ouate dans deux grandes boîtes en bois. Il avait des tas des choses à raconter. Mais ce que Baldabiou lui dit, quand ils se retrouvèrent seuls, ce fut

– Parle-moi des dauphins.
– Les dauphins ?
– La fois où tu les as vus.

C'était ça, Baldabiou.

Personne ne savait quel âge il pouvait avoir.

8.

– Pas *toute* la terre, dit doucement Baldabiou, pas *toute*, en versant deux doigts d'eau dans son verre d'anisette.

Nuit d'août, passé minuit. À cette heure-là, d'habitude, Verdun avait déjà fermé depuis longtemps. Les chaises étaient renversées, alignées, sur les tables. Son comptoir, il l'avait nettoyé, et le reste aussi. Il n'y avait plus qu'à éteindre les lumières, et à fermer. Mais Verdun attendait : Baldabiou était en train de parler.

Assis en face de lui, Hervé Joncour, une cigarette éteinte aux lèvres, écoutait, immobile. Comme huit ans plus tôt, il laissait cet homme lui réécrire posément son destin. Sa voix lui arrivait faible et claire, rythmée par les gorgées périodiques d'anisette. Sans s'interrompre, pendant de longues minutes. La dernière chose qu'elle dit fut

– Il n'y a pas le choix. Si nous voulons survivre, il faut aller là-bas.

Silence.

Verdun, accoudé à son comptoir, leva les yeux vers les deux autres.

Baldabiou tenta de trouver encore une gorgée d'anisette, dans le fond de son verre.

Hervé Joncour posa sa cigarette sur le bord de la table avant de dire

– Et il est où, exactement, ce Japon ?

Baldabiou leva sa canne de jonc en l'air et la pointa par-delà les toits de Saint-Auguste.

– Par là, toujours tout droit.

Dit-il.

– Jusqu'à la fin du monde.

9.

En ce temps-là, le Japon était, effectivement, à l'autre bout du monde. C'était une île faite d'îles et qui avait vécu pendant deux cents ans complètement séparée du reste de l'humanité, refusant tout contact avec le continent et interdisant l'accès à tous les étrangers. La côte chinoise était à près de deux cents milles, mais un décret impérial avait veillé à la rendre plus éloignée encore, empêchant sur toute l'île la construction de bateaux à plus d'un mât. Selon une logique à sa manière éclairée, la loi n'interdisait pas, d'ailleurs, de s'expatrier : mais elle condamnait à mort ceux qui tentaient de revenir. Les commerçants chinois, hollandais et anglais avaient essayé maintes fois de rompre cet isolement absurde, mais ils n'étaient parvenus qu'à mettre en place un réseau de contrebande périlleux et fragile. Ils y avaient gagné peu d'argent, beaucoup d'ennuis et quelques légendes, bonnes à vendre dans les ports, le soir. Là où ils avaient échoué, allaient réussir, par la force des armes, les Américains. En juillet 1853, le commodore Matthew C. Perry entra dans la rade de Yokohama à la tête d'une flotte moderne de bateaux à vapeur et remit aux Japonais un ultimatum qui « souhaitait » l'ouverture de l'île aux étrangers.

Les Japonais n'avaient jamais vu jusque-là de navire capable de remonter la mer contre le vent.

Lorsque, sept mois plus tard, Perry fut de retour pour recevoir la réponse à son ultimatum, le gouvernement militaire de l'île se plia à la signature d'un accord qui acceptait l'ouverture aux étrangers de deux ports dans le nord du pays, et l'établissement de quelques premières, prudentes, relations commerciales. La mer autour de cette île – déclara le commodore avec une certaine solennité – est désormais beaucoup moins profonde.

10.

Baldabiou connaissait toutes ces histoires. Surtout, il connaissait une légende qui revenait très souvent dans les récits de ceux qui y étaient allés, là-bas. Ils disaient que dans cette île on produisait la plus belle soie du monde. Et cela depuis plus de mille ans, selon des rites et des secrets qui avaient atteint une exactitude mystique. Baldabiou, lui, pensait que ce n'était pas une légende mais la pure et simple vérité. Un jour, il avait tenu dans sa main un voile tissé avec un fil de soie japonais. C'était comme ne rien tenir entre ses doigts. Aussi, quand tout parut s'en aller à vau-l'eau à cause de cette histoire de pébrine et des œufs malades, il pensa ceci :

– Cette île est pleine de vers à soie. Et une île où pendant deux cents ans aucun commerçant chinois et aucun assureur anglais n'est parvenu à entrer est une île où aucune maladie n'entrera jamais.

Il ne se contenta pas de le penser : il le dit à tous les producteurs de soie de Lavilledieu, après les avoir convoqués dans le café de Verdun. Aucun d'eux n'avait jamais entendu parler du Japon.

– Nous devrions traverser le monde pour aller nous acheter des œufs tels que Dieu les voudrait, dans un endroit où quand on voit un étranger on le pend ?

– Le pendait, précisa Baldabiou.

Ils ne savaient qu'en penser. À l'esprit de l'un d'eux, une objection se présenta.

– Il doit bien y avoir une raison pour que personne au monde n'ait eu l'idée d'aller acheter ses œufs là-bas.

Baldabiou aurait pu bluffer en rappelant que nulle part au monde il n'y avait un autre Baldabiou. Mais il préféra dire les choses comme elles étaient.

– Les Japonais se sont résignés à vendre leur soie. Mais leurs œufs, non. Ils les gardent pour eux. Et celui qui essaie d'en faire sortir de l'île commet un crime.

Les producteurs de soie de Lavilledieu étaient, à des degrés variables, des gentlemen, jamais ils n'auraient songé à enfreindre une quelconque loi dans leur pays. L'hypothèse de le faire à l'autre bout du monde leur parut, cependant, raisonnablement sensée.

11.

On était en 1861. Flaubert finissait
Salammbô, l'éclairage électrique n'était encore
qu'une hypothèse et Abraham Lincoln, de
l'autre côté de l'Océan, livrait une guerre dont
il ne verrait pas la fin. Les sériciculteurs de
Lavilledieu se mirent en société et rassemblè-
rent la somme, considérable, nécessaire à l'expédition. Il parut à tous logique de la confier à
Hervé Joncour. Quand Baldabiou lui demanda
s'il acceptait, il répondit par une question.
   – Et il est où, exactement, ce Japon ?
   Par là, toujours tout droit. Jusqu'à la fin du
monde.
   Il partit le 6 octobre. Seul.
   Aux portes de Lavilledieu, il serra contre lui
sa femme Hélène et lui dit simplement
   – Tu ne dois avoir peur de rien.
   C'était une femme grande, aux gestes lents,
elle portait de longs cheveux noirs qu'elle ne
rassemblait jamais sur sa tête. Elle avait une
voix superbe.

12.

Hervé Joncour partit avec quatre-vingt mille francs-or, et les noms de trois hommes que Baldabiou lui avait procurés : un Chinois, un Hollandais et un Japonais. Il passa la frontière près de Metz, traversa le Wurtemberg et la Bavière, pénétra en Autriche, atteignit par le train Vienne puis Budapest et poursuivit jusqu'à Kiev. Il parcourut à cheval deux mille kilomètres de steppe russe, franchit les monts Oural, entra en Sibérie, voyagea pendant quarante jours avant d'atteindre le lac Baïkal, que les gens de l'endroit appelaient : mer. Il redescendit le cours du fleuve Amour, longeant la frontière chinoise jusqu'à l'Océan, et quand il fut à l'Océan, resta onze jours dans le port de Sabirk en attendant qu'un navire de contrebandiers hollandais l'amène à Capo Teraya, sur la côte ouest du Japon. À pied, en empruntant des routes secondaires, il traversa les provinces d'Ishikawa, Toyama, Niigata, pénétra dans celle de Fukushima et arriva près de la ville de Shirakawa, qu'il contourna par l'est, puis attendit pendant deux jours un homme vêtu de noir qui lui banda les yeux et qui le conduisit jusqu'à un village dans les collines où il passa la nuit, et le lendemain matin négocia l'achat des œufs avec un homme qui ne parlait pas et dont le visage était recouvert d'un voile de soie. Noire. Au coucher du soleil, il cacha les œufs dans ses bagages, tourna le dos au Japon, et s'apprêta à prendre le chemin du retour.

Il avait à peine laissé les dernières maisons du village derrière lui qu'un homme le rejoignit, en courant, et l'arrêta. Il lui dit quelque chose sur un ton excité et péremptoire, puis le fit revenir sur ses pas, avec courtoisie et fermeté.

Hervé Joncour ne parlait pas japonais et ne l'entendait pas non plus. Mais il comprit qu'Hara Kei voulait le voir.

13.

Un panneau de papier de riz glissa, et Hervé
Joncour entra dans la pièce. Hara Kei était assis
sur le sol, les jambes croisées, dans le coin le plus
éloigné de la pièce. Il était vêtu d'une tunique
sombre, et il ne portait aucun bijou. Seul signe
visible de son pouvoir, une femme étendue près
de lui, la tête posée sur ses genoux, les yeux fer-
més, les bras cachés sous un ample vêtement
rouge qui se déployait autour d'elle, comme une
flamme, sur la natte couleur de cendre. Hara Kei
lui passait lentement la main sur les cheveux :
on aurait dit qu'il caressait le pelage d'un animal
précieux, et endormi.

Hervé Joncour traversa la pièce, attendit un
signe de son hôte, et s'assit en face de lui. Ils
restèrent silencieux, se regardant dans les yeux.
Survint, imperceptible, un serviteur, qui posa
devant eux deux tasses de thé. Puis disparut.
Alors Hara Kei commença à parler, dans sa
langue, d'une voix monotone, diluée en une
sorte de fausset désagréablement artificiel.
Hervé Joncour écoutait. Il gardait les yeux fixés
dans ceux d'Hara Kei, et pendant un court instant, sans même s'en rendre compte, les baissa
sur le visage de la femme.

C'était le visage d'une jeune fille.

Il releva les yeux.

Hara Kei s'interrompit, prit une des deux tasses de thé, la porta à ses lèvres, laissa passer quelques instants et dit

– Essayez de me raconter qui vous êtes.

Il le dit en français, en traînant un peu sur les voyelles, avec une voix rauque, vraie.

14.

À l'homme le plus imprenable du Japon, maître de tout ce que le monde réussissait à faire sortir de cette île, Hervé Joncour essaya de raconter qui il était. Il le fit dans sa propre langue, en parlant lentement, sans savoir exactement si Hara Kei pouvait le comprendre. Instinctivement, il renonça à toute prudence, rapportant, sans rien inventer ni omettre, tout ce qui était vrai, simplement. Il alignait les petits détails et les événements cruciaux d'une même voix, avec des gestes à peine esquissés, mimant le parcours hypnotique, neutre et mélancolique d'un catalogue d'objets réchappés d'un incendie. Hara Kei écoutait, sans que l'ombre d'une expression décomposât les traits de son visage. Ses yeux restaient fixés sur les lèvres d'Hervé Joncour comme si elles étaient les dernières lignes d'une lettre d'adieu. Dans la pièce, tout était tellement silencieux et immobile que ce qui arriva soudain parut un événement immense, et pourtant ce n'était rien.

Tout à coup,
sans bouger le moins du monde,
cette jeune fille
ouvrit les yeux.

Hervé Joncour ne s'arrêta pas de parler mais baissa instinctivement les yeux vers elle, et ce qu'il vit, sans s'arrêter de parler, c'était que ces yeux-là *n'avaient pas une forme orientale*, et qu'ils étaient, *avec une intensité déconcertante,* pointés sur lui : comme s'ils n'avaient rien fait d'autre depuis le début, sous les paupières. Hervé Joncour tourna le regard ailleurs, avec tout le naturel dont il fut capable, essayant de continuer son récit sans que rien, dans sa voix, ne paraisse différent. Il ne s'interrompit que lorsque ses yeux tombèrent sur la tasse de thé, posée sur le sol, en face de lui. Il la prit, la porta à ses lèvres, et but lentement. Puis il recommença à parler, en la replaçant devant lui.

15.

La France, les voyages en mer, le parfum des mûriers dans Lavilledieu, les trains à vapeur, la voix d'Hélène. Hervé Joncour continua à raconter sa vie comme jamais, de sa vie, il ne l'avait racontée. La jeune fille continuait à le fixer, avec une violence qui arrachait à chacune de ses paroles l'obligation de sonner comme mémorable. La pièce semblait désormais avoir glissé dans une immobilité sans retour quand, tout à coup, et de façon absolument silencieuse, la jeune fille glissa une main hors de son vêtement, et la fit avancer sur la natte, devant elle. Hervé Joncour vit arriver cette tache claire en marge de son champ de vision, il la vit effleurer la tasse de thé d'Hara Kei puis, absurdement, continuer sa progression pour aller s'emparer sans hésitation de l'autre tasse, celle *dans laquelle il avait bu,* la soulever avec légèreté et l'emporter. Hara Kei n'avait pas un seul instant cessé de fixer, sans expression aucune, les lèvres d'Hervé Joncour.

La jeune fille souleva légèrement la tête.

Pour la première fois, elle détacha son regard d'Hervé Joncour, et le posa sur la tasse.

Lentement, elle la tourna jusqu'à avoir sous ses lèvres l'endroit exact où il avait bu.

En fermant à demi les yeux, elle but une gorgée de thé.

Elle écarta la tasse de ses lèvres.

La replaça doucement là où elle l'avait prise.

Fit disparaître sa main sous son vêtement.

Reposa sa tête sur les genoux d'Hara Kei.

Les yeux ouverts, fixés dans ceux d'Hervé Joncour.

16.

Hervé Joncour parla encore longtemps. Il ne s'interrompit que lorsque Hara Kei détacha ses yeux de lui et le salua, en inclinant le buste.

Silence.

En français, traînant un peu sur les voyelles, avec une voix rauque, vraie, Hara Kei dit

— Si vous le désirez, ce sera un plaisir pour moi de vous voir revenir.

Pour la première fois, il sourit.

— Les œufs que vous avez sont des œufs de poisson, ils n'ont à peu près aucune valeur.

Hervé Joncour baissa les yeux. Devant lui, il y avait sa tasse de thé. Il la prit et commença à la faire tourner et à l'examiner, comme s'il cherchait quelque chose, sur le fil coloré de son bord. Quand il eut trouvé ce qu'il cherchait, il y posa ses lèvres, et but jusqu'au fond. Puis il reposa la tasse devant lui et dit

— Je sais.

Hara Kei se mit à rire, amusé.

— C'est pour cette raison que vous les avez payés avec de l'or faux ?

— J'ai payé ce que j'ai acheté.

Hara Kei redevint sérieux.

– Quand vous sortirez d'ici, vous aurez ce que vous voulez.

– Quand je sortirai de cette île, vivant, vous recevrez l'or qui vous revient. Vous avez ma parole.

Hervé Joncour n'attendit pas de réponse. Il se leva, recula de quelques pas, puis s'inclina.

La dernière chose qu'il vit, avant de sortir, ce fut les yeux de la jeune fille, fixés dans les siens, parfaitement muets.

17.

Six jours plus tard, Hervé Joncour s'embarqua, à Takaoka, sur un navire de contrebandiers hollandais qui le déposa à Sabirk. De là, il remonta la frontière chinoise jusqu'au lac Baïkal, traversa quatre mille kilomètres de terre sibérienne, franchit les monts Oural, atteignit Kiev et parcourut en train toute l'Europe, d'est en ouest, avant d'arriver, après trois mois de voyage, en France. Le premier dimanche d'avril – à temps pour la grand-messe – il était aux portes de Lavilledieu. Il s'arrêta, remercia le bon Dieu, et entra dans le bourg à pied, comptant ses pas, pour que chacun eût un nom, et pour ne plus jamais les oublier.

– Elle est comment la fin du monde ? lui demanda Baldabiou.

– Invisible.

À sa femme Hélène, il offrit en cadeau une tunique de soie que, par pudeur, elle ne porta jamais. Si tu la serrais dans ton poing, tu avais l'impression de ne rien tenir entre les doigts.

18.

Les œufs qu'Hervé Joncour avait rapportés du Japon – accrochés par centaines sur de petites feuilles d'écorce de mûrier – se révélèrent parfaitement sains. La production de soie, dans la région de Lavilledieu, fut cette année-là extraordinaire, en quantité et en qualité. Deux autres filatures s'ouvrirent, et Baldabiou fit construire un cloître contre la petite église de Sainte-Agnès. Sans qu'on sache bien pourquoi, il l'avait imaginé rond, et il confia donc le projet à un architecte espagnol qui s'appelait Juan Benitez, et qui jouissait d'une certaine renommée dans le secteur *Plaza de Toros*.

– Naturellement, pas de sable, au milieu, mais un jardin. Et si c'était possible, des têtes de dauphin, à la place des têtes de taureau, à l'entrée.

– ¿ Dauphin, *señor* ?

– Enfin, Benitez, le poisson !

Hervé Joncour fit quelques comptes et se découvrit riche. Il acheta trente acres de terre, au sud de sa propriété, et occupa les mois de l'été à dessiner un parc où ce serait léger, et silencieux, de se promener. Il l'imaginait invisible comme la fin du monde. Chaque matin, il poussait jusque chez Verdun, où il écoutait les histoires de la petite ville et feuilletait les gazettes arrivées de Paris. Le soir, il restait longtemps assis, sous le porche de sa maison, près de sa femme Hélène. Elle lisait un livre, à voix haute, et il était heureux car il se disait qu'il n'y avait pas de voix plus belle que la sienne, au monde.

Il eut trente-trois ans le 4 septembre 1862. Elle pleuvait, sa vie, devant ses yeux, spectacle tranquille.

19.

– Tu ne dois avoir peur de rien.

Puisque Baldabiou en avait décidé ainsi, Hervé Joncour repartit pour le Japon le premier jour d'octobre. Il passa la frontière française près de Metz, traversa le Wurtemberg et la Bavière, pénétra en Autriche, atteignit par le train Vienne puis Budapest et poursuivit jusqu'à Kiev. Il parcourut à cheval deux mille kilomètres de steppe russe, franchit les monts Oural, entra en Sibérie, voyagea pendant quarante jours avant d'atteindre le lac Baïkal, que les gens de l'endroit appelaient : le démon. Il redescendit le cours du fleuve Amour, longeant la frontière chinoise jusqu'à l'Océan, et quand il fut à l'Océan, resta onze jours dans le port de Sabirk en attendant qu'un navire de contrebandiers hollandais l'amène à Capo Teraya, sur la côte ouest du Japon. À pied, en empruntant des routes secondaires, il traversa les provinces d'Ishikawa, Toyama, Niigata, pénétra dans celle de Fukushima et arriva près de la ville de Shirakawa, qu'il contourna par l'est, puis attendit pendant deux jours un homme vêtu de noir qui lui banda les yeux et le conduisit au village d'Hara Kei. Quand il put rouvrir les yeux, il trouva devant lui deux serviteurs qui prirent ses bagages et l'emmenèrent à la lisière d'un bois, où ils lui indiquèrent un sentier puis le laissèrent seul. Hervé Joncour commença à marcher dans l'ombre que les arbres, autour de lui, découpaient dans la lumière du jour. Il ne s'arrêta que lorsque la végétation s'ouvrit soudain, un court instant, comme une fenêtre, sur le bord du sentier. On voyait un lac, une trentaine de mètres plus bas. Et sur la rive de ce lac, accroupis sur le sol, dos tourné, Hara Kei et une femme vêtue d'une robe orange, les cheveux dénoués aux épaules. À l'instant où Hervé Joncour l'aperçut, elle se retourna, lentement, un court instant, le temps de croiser son regard.

Ses yeux n'avaient pas une forme orientale, et son visage était celui d'une jeune fille.

Hervé Joncour recommença à marcher, dans l'épaisseur des fourrés, et quand il en sortit se retrouva au bord du lac. À quelques pas de lui, Hara Kei, seul, dos tourné, était assis, immobile, vêtu de noir. Près de lui, il y avait une robe orange, abandonnée sur le sol, et deux sandales de paille. Hervé Joncour s'approcha. De minuscules ondes concentriques déposaient l'eau du lac sur le rivage, comme envoyées là, de très loin.

– Mon ami français, murmura Hara Kei, sans se retourner.

Ils restèrent des heures, assis l'un près de l'autre, à parler et à se taire. Puis Hara Kei se leva, et Hervé Joncour le suivit. Dans un geste imperceptible, avant de regagner le sentier, il laissa tomber un de ses gants à côté de la robe orange, abandonnée sur le rivage. Ils arrivèrent au village quand déjà le soir tombait.

20.

Hervé Joncour resta l'hôte d'Hara Kei pendant quatre jours. C'était comme vivre à la cour d'un roi. Le village tout entier existait autour de cet homme, et il n'y avait guère de geste, dans ces collines, qui ne fût accompli pour sa défense ou pour son plaisir. La vie bourdonnait à mi-voix, elle bougeait avec une lenteur pleine de ruse, comme un animal traqué dans sa tanière. Le monde semblait à des siècles de là.

Hervé Joncour avait une maison pour lui, et cinq serviteurs qui le suivaient partout. Il mangeait seul, à l'ombre d'un arbre coloré de fleurs qu'il n'avait jamais vues. Deux fois par jour, on lui servait le thé avec une certaine solennité. Le soir, on l'accompagnait dans la salle la plus grande de la maison, où le sol était en pierre, et où il se prêtait au rituel du bain. Trois femmes, âgées, le visage recouvert d'une sorte de fard blanc, faisaient couler l'eau sur son corps et l'essuyaient à l'aide de linges de soie, tièdes. Elles avaient des mains rêches, mais très légères.

Le matin du second jour, Hervé Joncour vit arriver dans le village un Blanc : accompagné de deux chariots remplis de grandes caisses en bois. C'était un Anglais. Il n'était pas là pour acheter. Il était là pour vendre.

— Des armes, *monsieur*[1]. Et vous ?

— Moi, j'achète. Des vers à soie.

Ils dînèrent ensemble. L'Anglais avait beaucoup d'histoires à raconter : depuis huit ans, il faisait l'aller-retour entre l'Europe et le Japon. Hervé Joncour l'écouta et à la fin seulement lui demanda

— Connaissez-vous une femme, jeune, européenne, je crois, blanche, qui vit ici ?

L'Anglais continua de manger, impassible.

— Il n'y a pas de femmes blanches au Japon. Il n'existe pas une seule femme blanche dans tout le Japon.

L'Anglais repartit le lendemain, chargé d'or.

---

1. En français dans le texte. *(N.d.T.)*

21.

Hervé Joncour ne revit Hara Kei que le matin du troisième jour. Il s'aperçut que ses cinq serviteurs avaient soudain disparu, comme par enchantement, et quelques instants plus tard il le vit arriver. Cet homme autour duquel tous, dans ce village, existaient, se déplaçait toujours dans une bulle de vide. Comme si quelque injonction tacite ordonnait au monde de le laisser vivre seul.

Ils gravirent ensemble le flanc de la colline, avant d'arriver dans une clairière où le ciel était comme sillonné par le vol de dizaines d'oiseaux aux grandes ailes bleues.

— Les gens d'ici les regardent voler, et dans leur vol lisent le futur.

Dit Hara Kei.

— Quand j'étais un jeune garçon, mon père m'emmena dans un endroit comme celui-ci, il me mit son arc entre les mains et m'ordonna de tirer sur un de ces oiseaux. Je tirai, et un grand oiseau, aux ailes bleues, tomba à terre, comme une pierre morte. Lis le vol de ta flèche, si tu veux savoir ton futur, me dit alors mon père.

Les oiseaux volaient avec lenteur, montant dans le ciel puis redescendant, comme s'ils avaient voulu l'effacer, méticuleusement, avec leurs ailes.

Ils revinrent au village en marchant dans la lumière étrange d'un après-midi qui ressemblait à un soir. Arrivés devant la maison d'Hervé Joncour, ils se saluèrent. Hara Kei se tourna et commença à marcher, lentement, descendant par la route qui longeait la rivière. Hervé Joncour resta debout, sur le seuil, à le regarder : il attendit qu'il fût à une vingtaine de pas, puis il dit

— Quand me direz-vous qui est cette jeune fille ?

Hara Kei continua de marcher, d'un pas lent auquel ne s'attachait aucune fatigue. Autour de lui, il y avait le silence le plus absolu, et le vide. Comme par une injonction particulière, où qu'il aille, cet homme allait dans une solitude inconditionnelle, et parfaite.

22.

Le matin du dernier jour, Hervé Joncour sortit de sa maison et se mit à errer à travers le village. Il croisait des hommes qui s'inclinaient sur son passage et des femmes qui, en baissant les yeux, lui souriaient. Il comprit qu'il était arrivé non loin de la demeure d'Hara Kei quand il vit une immense volière qui abritait un nombre incroyable d'oiseaux, de toutes sortes : un spectacle. Hara Kei lui avait raconté qu'il les faisait venir de tous les endroits du monde. Quelques-uns d'entre eux valaient plus que toute la soie produite par Lavilledieu en une année. Hervé Joncour s'arrêta pour regarder cette folie magnifique. Il se souvint d'avoir lu dans un livre que les Orientaux, pour honorer la fidélité de leurs maîtresses, n'avaient pas coutume de leur offrir des bijoux : mais des oiseaux raffinés, et superbes.

La demeure d'Hara Kei semblait noyée dans un lac de silence. Hervé Joncour s'approcha et s'arrêta à quelques mètres de l'entrée. Il n'y avait pas de portes, et sur les murs de papier apparaissaient et disparaissaient des ombres qui derrière elles ne semaient aucun bruit. Ça ne ressemblait pas à la vie : s'il y avait un nom pour tout ceci, c'était : théâtre. Sans savoir quoi, Hervé Joncour s'arrêta pour attendre : immobile, debout, à quelques mètres de la maison. Pendant tout le temps qu'il laissa au destin, les ombres et le silence furent tout ce qui filtra de cette scène singulière. Alors il tourna le dos et se remit à marcher, d'un pas rapide, vers chez lui. La tête penchée, il regardait ses pas, s'aidant ainsi à ne pas penser.

23.

Le soir, Hervé Joncour prépara ses bagages. Puis il se laissa conduire dans la grande pièce dallée de pierre, pour le rituel du bain. Il s'étendit, ferma les yeux, et pensa à la grande volière, gage extravagant d'amour. On posa sur ses yeux un linge mouillé. Cela n'était jamais arrivé, avant. Instinctivement, il voulut l'enlever, mais une main s'empara de la sienne et l'immobilisa. Ce n'était pas la main vieille d'une vieille femme.

Hervé Joncour sentit l'eau couler sur son corps, d'abord sur ses jambes, puis le long de ses bras, et sur sa poitrine. De l'eau comme de l'huile. Et un étrange silence, tout autour. Il sentit la légèreté d'un voile de soie venir se poser sur lui. Et les mains d'une femme – d'une femme – qui l'essuyaient en caressant sa peau, partout : ces mains, et cette étoffe tissée de rien. Pas un instant il ne bougea, pas même quand il sentit les mains remonter de ses épaules à son cou, et les doigts – la soie, les doigts – monter jusqu'à ses lèvres, les effleurer, une fois, lentement, puis disparaître.

Hervé Joncour sentit encore le voile de soie se soulever et s'éloigner de lui. La dernière sensation, ce fut une main qui ouvrait la sienne et dans sa paume déposait quelque chose.

Il attendit longtemps, dans le silence, ne bougeant pas. Puis, lentement, il ôta de ses yeux le linge mouillé. Presque plus de lumière dans la pièce. Personne autour de lui. Il se releva, prit sa tunique qui gisait, pliée, sur le sol, la jeta sur ses épaules, sortit de la pièce, traversa la maison, arriva devant sa natte, et se coucha. Il se mit à observer la flamme qui tremblait, ténue, à l'intérieur de la lanterne. Et, avec application, il arrêta le Temps, pendant tout le temps qu'il le désira.

Ce ne fut rien, ensuite, d'ouvrir la main, et de voir ce billet. Petit. Quelques idéogrammes dessinés l'un en dessous de l'autre. Encre noire.

24.

Le lendemain, tôt, le matin, Hervé Joncour partit. Cachés parmi ses bagages, il emportait avec lui des milliers d'œufs de vers à soie, autrement dit l'avenir de Lavilledieu, du travail pour des centaines de personnes, et la richesse pour une dizaine d'autres. À l'endroit où la route tournait vers la gauche, cachant à jamais la vue du village derrière la silhouette de la colline, il s'arrêta, sans s'occuper des deux hommes qui l'accompagnaient. Il descendit de cheval et resta quelques moments sur le bord de la route, le regard sur ces maisons, qui s'agrippaient au dos de la colline.

Six jours plus tard, Hervé Joncour s'embarqua, à Takaoka, sur un navire de contrebandiers hollandais qui l'amena à Sabirk. De là, il remonta la frontière chinoise jusqu'au lac Baïkal, traversa quatre mille kilomètres de terre sibérienne, franchit les monts Oural, atteignit Kiev, et parcourut en train toute l'Europe, d'est en ouest, avant d'arriver, après trois mois de voyage, en France. Le premier dimanche d'avril – à temps pour la grand-messe – il était aux portes de Lavilledieu. Il vit sa femme Hélène accourir à sa rencontre, et sentit le parfum de

sa peau quand il la serra contre lui, et le velours
dans sa voix quand elle lui dit

— Tu es revenu.

Avec douceur.

— Tu es revenu.

25.

À Lavilledieu, la vie filait simplement, réglée par une méthodique normalité. Hervé Joncour la laissa glisser sur lui pendant quarante et un jours. Le quarante-deuxième, il capitula, ouvrit un tiroir de sa malle de voyage, en sortit une carte du Japon, la déplia, et prit la petite feuille qu'il y avait cachée, des mois plus tôt. Quelques idéogrammes dessinés l'un en dessous de l'autre. Encre noire. Il s'assit à son bureau, et resta longtemps à la regarder.

Il trouva Baldabiou chez Verdun, au billard. Baldabiou jouait toujours seul, contre lui-même. Des parties bizarres. Le valide contre le manchot, il les appelait. Il faisait un coup normalement, et le coup suivant d'une seule main. Le jour où le manchot gagnera – disait-il –, je m'en irai de cette ville. Depuis des années, le manchot perdait.

– Baldabiou, il faut que je trouve quelqu'un, ici, qui sache lire le japonais.

Le manchot décocha un deux bandes avec effet rétro.

– Demande à Hervé Joncour, il sait tout.

– Moi ? Je n'y comprends rien.

– C'est toi le Japonais, ici.

– Peut-être, mais je n'y comprends rien.

Le valide se pencha sur le billard et envoya une chandelle à six points.

– Alors il ne reste plus que Madame Blanche. Elle a un magasin de tissus, à Nîmes.

Au-dessus du magasin, il y a un bordel. C'est à elle, aussi. Elle est riche. Et elle est japonaise.

– Japonaise ? Et comment est-elle arrivée ici ?

– Ne lui pose pas la question, si tu veux obtenir quelque chose d'elle. Merde.

Le manchot venait de rater un trois bandes à quatorze points.

26.

À sa femme Hélène, Hervé Joncour dit qu'il lui fallait se rendre à Nîmes, pour affaires. Et qu'il serait de retour le jour même.

Il monta au premier étage, au-dessus du magasin de tissus, au 12 de la rue Moscat, et demanda Madame Blanche. On le fit attendre longtemps. Le salon était meublé comme pour une fête commencée des années plus tôt et jamais terminée. Les filles étaient toutes jeunes et françaises. Il y avait un pianiste qui jouait, en sourdine, des airs aux senteurs de Russie. À la fin de chaque morceau, il passait la main droite dans ses cheveux et murmurait doucement

– Voilà.

27.

Hervé Joncour attendit près de deux heures. Puis on l'accompagna dans le couloir, jusqu'à la dernière porte. Il l'ouvrit, et entra.

Madame Blanche était assise dans un grand fauteuil, non loin de la fenêtre. Elle était vêtue d'un kimono fait d'une étoffe légère : entièrement blanc. À ses doigts, comme autant de bagues, elle portait des petites fleurs d'un bleu intense.

– Qu'est-ce qui vous fait croire que vous êtes assez riche pour pouvoir coucher avec moi ?

Hervé Joncour resta debout, face à elle, son chapeau à la main.

– J'ai besoin que vous me rendiez un service. Peu importe le prix.

Puis il tira de la poche intérieure de sa veste une petite feuille, pliée en quatre, et la lui tendit.

– Il faut que je sache ce qui est écrit là.

Madame Blanche ne bougea pas d'un millimètre. Elle gardait les lèvres entrouvertes, on aurait dit la préhistoire d'un sourire.

– Je vous le demande, madame.

Elle n'avait aucune raison au monde de le faire. Pourtant elle prit la feuille, l'ouvrit, la regarda. Elle leva les yeux sur Hervé Joncour, puis les baissa. Elle replia la feuille, lentement. Quand elle se pencha en avant, pour la lui redonner, son kimono s'entrouvrit légèrement, sur sa poitrine. Hervé Joncour vit qu'elle ne portait rien, dessous, et que sa peau était jeune et d'un blanc immaculé.

– Revenez, ou je mourrai.

Elle dit cela d'une voix froide, en regardant Hervé Joncour dans les yeux, et sans laisser échapper la moindre expression.

Revenez, ou je mourrai.

Hervé Joncour replaça la feuille dans la poche intérieure de sa veste.

– Merci.

Il fit un salut de la tête, pivota, marcha vers la porte et s'apprêta à poser quelques billets sur la table.

– Laissez tomber.

Hervé Joncour hésita un instant.

– Je ne parle pas de l'argent. Je parle de cette femme. Laissez tomber. Elle ne mourra pas et vous le savez.

Sans se retourner, Hervé Joncour posa les billets sur la table, ouvrit la porte et s'en alla.

28.

Baldabiou disait que des hommes venaient de Paris, quelquefois, pour faire l'amour avec Madame Blanche. De retour dans la capitale, ils arboraient au revers de leur habit de soirée quelques petites fleurs bleues, de celles qu'elle portait toujours entre les doigts, comme autant de bagues.

29.

Pour la première fois de sa vie, Hervé Joncour emmena sa femme, cet été-là, sur la Riviera. Ils s'installèrent pour deux semaines dans un hôtel de Nice, fréquenté surtout par des Anglais et connu pour les soirées musicales qu'il offrait à ses clients. Hélène était persuadée que dans un endroit aussi beau, ils réussiraient à concevoir cet enfant qu'ils attendaient en vain depuis des années. Ensemble, ils décidèrent que ce serait un fils. Et qu'il s'appellerait Philippe. Ils se mêlaient discrètement à la vie mondaine de la station balnéaire, s'amusant ensuite, enfermés dans leur chambre, à rire des personnages bizarres qu'ils avaient rencontrés. Au concert, un soir, ils firent la connaissance d'un négociant en fourrures, un Polonais : il disait qu'il était allé au Japon.

La nuit précédant leur départ, Hervé Joncour se trouva réveillé, alors qu'il faisait encore nuit, et se leva, puis s'approcha du lit d'Hélène. Au moment où elle ouvrit les yeux, il entendit sa propre voix dire doucement :

— Je t'aimerai toujours.

30.

Au début de septembre, les sériciculteurs de Lavilledieu se réunirent pour décider de ce qu'il fallait faire. Le gouvernement avait envoyé à Nîmes un jeune biologiste chargé d'étudier la maladie qui rendait inutilisables les œufs produits en France. Il s'appelait Louis Pasteur : il travaillait avec des microscopes capables de voir l'invisible : on disait qu'il avait déjà obtenu des résultats extraordinaires. Du Japon arrivaient des nouvelles sur l'imminence d'une guerre civile, fomentée par les forces qui s'opposaient à l'entrée des étrangers dans le pays. Le consulat français, installé depuis peu à Yokohama, envoyait des dépêches qui déconseillaient pour le moment de nouer avec l'île des relations commerciales et invitaient à l'attente d'une période plus favorable. Enclins à la prudence, et sensibles à l'énorme dépense que comportait toute expédition clandestine au Japon, de nombreux notables de Lavilledieu firent l'hypothèse qu'on pouvait suspendre les voyages d'Hervé Joncour et se contenter pour cette année-là des approvisionnements en œufs, à peu près fiables, qui transitaient par les grands importateurs du Moyen-Orient. Baldabiou les écouta tous, sans dire un mot. À la fin, quand ce fut son tour de parler, il se contenta de poser sa canne de jonc sur la table et de lever les yeux vers l'homme qui était assis en face de lui. Et il attendit.

Hervé Joncour était au courant des recherches de Pasteur, et il avait lu les nouvelles qui arrivaient du Japon : mais il s'était toujours refusé à les commenter. Il préférait employer son temps à revoir le projet du parc qu'il voulait construire autour de sa maison. En un endroit caché de son bureau, il gardait une petite feuille pliée en quatre, avec quelques idéogrammes dessinés l'un en dessous de l'autre, encre noire. Il avait un compte en banque substantiel, menait une vie tranquille et caressait l'illusion raisonnable de devenir bientôt père. Quand Baldabiou leva les yeux vers lui, il dit

– C'est à toi de décider, Baldabiou.

31.

Hervé Joncour partit pour le Japon aux premiers jours d'octobre. Il passa la frontière près de Metz, traversa le Wurtemberg et la Bavière, pénétra en Autriche, atteignit par le train Vienne puis Budapest et poursuivit jusqu'à Kiev. Il parcourut à cheval deux mille kilomètres de steppe russe, franchit les monts Oural, entra en Sibérie, voyagea pendant quarante jours avant d'atteindre le lac Baïkal, que les gens de l'endroit appelaient : le dernier. Il redescendit le cours du fleuve Amour, longeant la frontière chinoise jusqu'à l'Océan, et quand il fut à l'Océan, resta onze jours dans le port de Sabirk en attendant qu'un navire de contrebandiers hollandais l'amène à Capo Teraya, sur la côte ouest du Japon. Ce qu'il trouva, ce fut un pays plongé dans l'attente désordonnée d'une guerre qui n'arrivait pas à éclater. Il voyagea pendant plusieurs jours sans recourir à la prudence habituelle, la carte des pouvoirs et les systèmes de contrôle semblant s'être dissous autour de lui dans l'imminence d'une explosion qui les redessinerait totalement. À Shirakawa, il rencontra l'homme qui devait le conduire chez Hara Kei. En deux jours, à cheval, ils arri-

vèrent en vue du village. Hervé Joncour y entra
à pied, afin que la nouvelle de son arrivée pût
le précéder.

32.

On le conduisit dans l'une des dernières maisons du village, en haut, à la lisière des bois. Cinq serviteurs l'attendaient. Il leur confia ses bagages et sortit sur la véranda. À l'extrémité opposée du village on apercevait le palais d'Hara Kei, à peine plus haut que les autres maisons mais entouré de cèdres énormes qui en défendaient la solitude. Hervé Joncour resta quelques instants à l'observer, comme s'il n'y avait rien d'autre, jusqu'à l'horizon. Ce fut ainsi qu'il vit,

finalement,

tout à coup,

le ciel au-dessus du palais se noircir du vol de centaines d'oiseaux, comme explosés de la terre, des oiseaux de toutes sortes, étourdis, qui s'enfuyaient de tous côtés, affolés, et chantaient et criaient, pyrotechnie jaillissante d'ailes, nuée de couleurs et de bruits lancée dans la lumière, terrorisés, musique en fuite, là dans le ciel, à voler.

Hervé Joncour sourit.

33.

Le village commença à s'agiter comme une fourmilière affolée : tous couraient et criaient, et regardaient en l'air pour suivre des yeux ces oiseaux échappés, orgueil de leur seigneur pendant des années, outrage à présent qui volait dans le ciel. Hervé Joncour sortit de chez lui et redescendit à travers le village, marchant lentement, et regardant devant lui avec un calme infini. Personne ne semblait le voir, et il semblait ne rien voir. Il était un fil d'or qui courait droit, dans la trame d'un tapis tissé par un fou. Il passa le pont sur la rivière, descendit jusqu'aux grands cèdres, entra dans leur ombre et en ressortit. Devant lui, il vit l'immense volière, avec ses portes grandes ouvertes, absolument vide. Et devant la volière, une femme. Il ne regarda pas autour de lui et continua simplement à marcher, lentement, ne s'arrêtant que lorsqu'il fut face à elle.

Ses yeux n'avaient pas une forme orientale, et son visage était celui d'une jeune fille.

Hervé Joncour fit un pas vers elle, tendit le bras et ouvrit la main. Sur sa paume, il y avait un billet, plié en quatre. Elle le vit et son visage tout entier se mit à sourire. Elle posa sa main sur celle d'Hervé Joncour, serra avec douceur, s'attarda un instant, puis la retira, gardant entre ses doigts ce billet qui avait fait le tour du monde. Elle l'avait à peine caché dans un pli de son vêtement que la voix d'Hara Kei se fit entendre.

– Soyez le bienvenu, mon ami français.

Il était à quelques pas. Son kimono sombre, ses cheveux, noirs, parfaitement rassemblés sur la nuque. Il s'approcha. Il se mit à examiner la volière, regardant l'une après l'autre les portes grandes ouvertes.

– Ils reviendront. Il est toujours difficile de résister à la tentation de revenir, n'est-ce pas ?

Hervé Joncour ne répondit pas. Hara Kei le regarda dans les yeux et, très doucement, lui dit

– Venez.

Hervé Joncour le suivit. Il fit quelques pas avant de se retourner vers la jeune fille et s'inclina pour la saluer.

– J'espère vous revoir bientôt.

Hara Kei continuait de marcher.

– Elle ne connaît pas votre langue.

Dit-il.

– Venez.

34.

Ce soir-là, Hara Kei invita Hervé Joncour dans sa demeure. Il y avait là quelques hommes du village, et des femmes vêtues avec une grande élégance, le visage fardé de blanc et de couleurs éclatantes. On buvait du saké, on fumait dans de longues pipes en bois un tabac à l'arôme étourdissant et âpre. Arrivèrent des saltimbanques, et un homme qui arrachait les rires par ses imitations d'hommes et d'animaux. Trois vieilles femmes jouaient sur des instruments à cordes, sans jamais cesser de sourire. Hara Kei était assis à la place d'honneur, vêtu de noir, les pieds nus. Dans une robe de soie, splendide, la femme au visage de jeune fille était assise à côté de lui. Hervé Joncour se tenait à l'extrémité opposée de la pièce : il était assiégé par le parfum douceâtre des femmes qui l'entouraient et il souriait avec embarras aux hommes, qui se divertissaient à lui raconter des histoires qu'il ne comprenait pas. Mille fois il chercha ses yeux, et mille fois elle trouva les siens. C'était comme une danse triste, secrète et impuissante. Hervé Joncour la dansa très avant dans la nuit puis se leva, dit quelque chose en français pour s'excuser, se débarrassa comme il put d'une femme qui avait décidé de l'accompagner, et en s'ouvrant un chemin au milieu des nuages de fumée et des hommes qui l'apostrophaient dans leur langue incompréhensible, il partit. Avant de sortir de la pièce, il regarda une dernière fois vers elle. Elle était en train de le regarder, de ses yeux parfaitement muets, à des siècles de là.

Hervé Joncour erra à travers le village en respirant l'air frais de la nuit, s'égarant dans les ruelles qui escaladaient le flanc de la colline. Quand il arriva chez lui, il vit une lanterne, allumée, qui oscillait derrière la paroi de papier. Il entra et trouva deux femmes, debout, devant lui. Une Orientale, jeune, vêtue d'un simple kimono blanc. Et elle. Il y avait dans ses yeux une sorte de gaieté fébrile. Sans lui laisser le temps de rien, elle s'approcha, prit sa main, la porta à son visage, l'effleura des lèvres puis, en la serrant fort, la posa sur les mains de la jeune fille qui était près d'elle, et l'y maintint, un court instant, pour que cette main ne pût s'échapper. Enfin, elle la retira, fit deux pas en arrière, prit la lanterne, regarda un instant Hervé Joncour dans les yeux puis s'enfuit en courant. C'était une lanterne orange. Elle disparut dans la nuit, petite lumière qui s'enfuyait.

35.

Hervé Joncour n'avait jamais vu cette jeune fille, et en fait il ne la vit pas non plus, cette nuit-là. Dans la chambre sans lumière, il sentit la beauté de son corps, et il connut ses mains et sa bouche. Il l'aima pendant des heures, avec des gestes qu'il n'avait jamais faits, se laissant enseigner une lenteur qu'il ne connaissait pas. Dans le noir, ce n'était rien de l'aimer, et de ne pas l'aimer, elle.

Un peu avant l'aube, la jeune fille se leva, remit son kimono blanc, et partit.

36.

En face de chez lui, à l'attendre, Hervé Joncour trouva, au matin, un homme d'Hara Kei. Il avait avec lui quinze feuilles d'écorce de mûrier, entièrement recouvertes d'œufs : minuscules, couleur d'ivoire. Hervé Joncour examina chaque feuille, avec soin, puis négocia le prix et paya en écailles d'or. Avant que l'homme ne s'en allât, il lui fit comprendre qu'il voulait voir Hara Kei. L'homme secoua la tête. Hervé Joncour comprit, à ses gestes, qu'Hara Kei était parti le matin même, tôt, avec sa suite, et que personne ne savait quand il reviendrait.

Hervé Joncour traversa le village en courant, jusqu'à la demeure d'Hara Kei. Il ne trouva que des serviteurs qui, à chacune de ses questions, répondaient en secouant la tête. La maison paraissait déserte. Et bien qu'il cherchât autour de lui, même dans les objets les plus insignifiants, il ne vit rien qui ressemblât à un message qui lui fût destiné. Il quitta la maison, et en revenant vers le village, passa devant l'immense volière. Les portes étaient à nouveau fermées. À l'intérieur, des centaines d'oiseaux volaient, à l'abri du ciel.

37.

Hervé Joncour attendit encore deux jours un signe quelconque. Puis il partit.

À un peu plus d'une demi-heure du village, il se trouva passer non loin d'un bois d'où arrivait un singulier, et argentin vacarme. On y voyait, cachées parmi les feuilles, les milliers de taches sombres d'une bande d'oiseaux, arrêtés là pour se reposer. Sans rien expliquer aux deux hommes qui l'accompagnaient, Hervé Joncour arrêta son cheval, prit son revolver à sa ceinture et tira six coups en l'air. La bande d'oiseaux, terrorisée, s'éleva dans le ciel, comme la colonne de fumée s'échappant d'un incendie. Si haute, que tu l'aurais vue à des jours et des jours de marche. Noire dans le ciel, sans autre but que son propre égarement.

38.

Six jours plus tard, Hervé Joncour s'embarqua, à Takaoka, sur un navire de contrebandiers hollandais qui le déposa à Sabirk. De là, il remonta la frontière chinoise jusqu'au lac Baïkal, traversa quatre mille kilomètres de terre sibérienne, franchit les monts Oural, atteignit Kiev et parcourut en train toute l'Europe, d'est en ouest, avant d'arriver, après trois mois de voyage, en France. Le premier dimanche d'avril – à temps pour la grand-messe – il était aux portes de Lavilledieu. Il fit arrêter sa voiture et, pendant quelques minutes, resta assis, immobile, derrière les rideaux tirés. Puis il descendit et continua à pied, pas après pas, avec une fatigue infinie.

Baldabiou lui demanda s'il avait vu la guerre.

– Pas celle que j'attendais, répondit-il.

La nuit, il vint dans le lit d'Hélène et l'aima avec une telle impatience qu'elle prit peur et ne put retenir ses larmes. Quand elle vit qu'il s'en apercevait, elle s'efforça de lui sourire.

– C'est seulement que je suis tellement heureuse lui dit-elle doucement.

39.

Hervé Joncour remit les œufs aux sériciculteurs de Lavilledieu. Puis, pendant plusieurs jours, il ne se montra plus dans le pays, négligeant même son habituel et quotidien passage chez Verdun. Aux premiers jours de mai, à la stupeur générale, il acheta la maison abandonnée de Jean Berbek, celui qui s'était arrêté un jour de parler et jusqu'à sa mort n'avait plus rien dit. Tout le monde pensa qu'il avait en tête d'y faire son nouvel atelier. Il ne s'occupa même pas de la débarrasser. Il y allait, de temps en temps, et il restait là, seul, dans ces pièces, à quoi faire, on n'en savait rien. Un jour, il y emmena Baldabiou.

– Tu sais, toi, pourquoi Jean Berbek s'est arrêté de parler ? lui demanda-t-il.

– C'est une des nombreuses choses qu'il n'a jamais dites.

Des années s'étaient écoulées mais il y avait encore les cadres accrochés au mur et les casseroles sur l'égouttoir, à côté de l'évier. Ce n'était pas très gai, et Baldabiou, pour sa part, serait volontiers ressorti. Mais Hervé Joncour continuait à regarder, fasciné, ces murs moisis et morts. C'était évident : il cherchait quelque chose, ici.

– Peut-être que ta vie, des fois, elle tourne d'une drôle de manière, et qu'il n'y a plus rien à ajouter.

Dit-il.

– Plus rien. Plus jamais.

Baldabiou n'était pas vraiment taillé pour les conversations sérieuses. Il regardait le lit de Jean Berbek.

– Peut-être que n'importe qui serait devenu muet, dans une maison aussi affreuse.

Hervé Joncour continua pendant des jours encore à mener une vie retirée, se montrant rarement, dans le pays, et consacrant tout son temps à travailler au projet du parc qu'un jour ou l'autre il construirait. Il noircissait des feuilles et des feuilles de dessins bizarres, on aurait dit des machines. Un soir, Hélène lui demanda

– Qu'est-ce que c'est ?

– C'est une volière.

– Une volière ?

– Oui.

– Et pour servir à quoi ?

Hervé Joncour gardait les yeux fixés sur ces dessins.

– Tu la remplis d'oiseaux, le plus que tu peux, et le jour où il t'arrive quelque chose d'heureux, tu ouvres la porte en grand et tu les regardes s'envoler.

40.

À la fin du mois de juillet, Hervé Joncour partit, accompagné de sa femme, pour Nice. Ils s'installèrent dans une petite villa, sur le bord de la mer. C'était Hélène qui l'avait voulu, persuadée que la tranquillité d'un refuge isolé réussirait à tempérer l'humeur mélancolique qui semblait s'être emparée de son mari. Elle avait eu l'adresse, néanmoins, de faire passer ce choix pour un caprice personnel, offrant à l'homme qu'elle aimait le plaisir de le lui pardonner.

Ils vécurent ensemble trois semaines de menu et inentamable bonheur. Dans les journées où la chaleur se faisait plus clémente, ils louaient un fiacre et s'amusaient de découvrir les villages cachés sur les collines, où la mer ressemblait à un décor de papier peint. Parfois, ils allaient en ville pour un concert ou une occasion mondaine. Un soir, ils acceptèrent l'invitation d'un baron italien qui fêtait son soixantième anniversaire par un dîner solennel à l'Hôtel Suisse. On en était au dessert, quand Hervé Joncour leva les yeux vers Hélène. Elle était assise de l'autre côté de la table, à côté d'un séduisant gentleman anglais qui, curieusement, arborait au revers de son habit un anneau de petites fleurs bleues. Hervé Joncour le vit se pencher vers Hélène et lui murmurer quelque chose à l'oreille. Hélène se mit à rire, d'un rire superbe, et en riant fléchit un peu la tête vers le gentleman anglais, allant jusqu'à effleurer, de ses cheveux, son épaule, en un geste qui était sans aucun embarras mais qui avait seulement une exactitude déconcertante. Hervé Joncour baissa les yeux sur son assiette. Il ne put s'empêcher de remarquer que sa propre main, serrée sur la petite cuillère en argent, s'était mise indéniablement à trembler.

Plus tard, au fumoir, Hervé Joncour, chancelant du trop d'alcool qu'il avait bu, s'approcha d'un homme qui, assis, seul, à une table, regardait devant lui, une expression vaguement ahurie sur le visage. Il se pencha vers lui et lui dit lentement

— Je dois vous communiquer quelque chose de très important, monsieur. Nous sommes tous répugnants. Nous sommes tous merveilleux, et nous sommes tous répugnants.

L'homme venait de Dresde. Il faisait du trafic de viande et ne comprenait pas bien le français. Il éclata d'un rire fracassant, secouant la tête en signe d'acquiescement, à plusieurs reprises : on aurait dit qu'il n'allait plus s'arrêter.

73

Hervé Joncour et sa femme demeurèrent sur la Riviera jusqu'au début du mois de septembre. Ils quittèrent à regret la petite villa, car ils avaient senti léger, entre ces murs, le lot de s'aimer.

41.

Baldabiou arriva chez Hervé Joncour de bon matin. Ils s'assirent sous le porche.

– Il n'est pas extraordinaire, ce parc.

– Je n'ai pas encore commencé à le construire, Baldabiou.

– Ah c'est pour ça.

Baldabiou ne fumait jamais, le matin. Il sortit sa pipe, la bourra et l'alluma.

– J'ai rencontré ce Pasteur. Il est bien, cet homme. Il m'a montré. Il est capable de reconnaître les œufs malades des œufs sains. Il ne sait pas les soigner, bien sûr. Mais il peut isoler ceux qui sont sains. Et il dit que probablement trente pour cent de ceux que nous produisons le sont.

Pause.

– On dit qu'au Japon la guerre a éclaté, cette fois pour de bon. Les Anglais donnent des armes au gouvernement, les Hollandais aux rebelles. Il paraît qu'ils sont d'accord entre eux. Ils vont les laisser s'étriper, et ensuite ils prendront tout et se le partageront. Le consulat français regarde, eux pour regarder ils sont toujours là. Bons qu'à envoyer des dépêches pour raconter les massacres et les étrangers égorgés comme des moutons.

Pause.

– Il y en a encore, du café ?

Hervé Joncour lui versa du café.

Pause.

– Ces deux Italiens, Ferreri et l'autre, ceux qui sont allés en Chine, l'année dernière... ils sont revenus avec quinze mille onces d'œufs, de la bonne marchandise, ceux de Bollet aussi en ont acheté, ils disent que c'est de la première qualité. Ils repartent dans un mois... ils nous ont proposé une affaire intéressante, ils font des prix honnêtes, onze francs l'once, tout couvert par les assurances. Ce sont des gens sérieux, avec une organisation derrière, ils vendent des œufs à la moitié de l'Europe. Des gens sérieux, je te dis.

Pause.

– Je ne sais pas, mais peut-être qu'on pourrait y arriver. Avec nos œufs, avec le travail que fait Pasteur, et puis ce qu'on peut acheter aux deux Italiens... on pourrait y arriver. Les autres, dans le pays, ils disent que c'est une folie de t'envoyer là-bas... avec tout ce que ça coûte... ils disent que c'est trop risqué, et ils ont raison, les autres fois c'était différent, mais maintenant... maintenant c'est difficile d'en revenir vivant, de là-bas.

Pause.

– Ce qu'il y a, c'est qu'ils ne veulent pas risquer de perdre les œufs. Et moi, je ne veux pas risquer de te perdre, toi.

Hervé Joncour resta un moment les yeux fixés sur le parc qui n'existait pas. Puis il fit quelque chose qu'il n'avait jamais fait.

– J'irai au Japon, Baldabiou.

Dit-il.

– J'achèterai ces œufs, et s'il le faut, je les achèterai avec mon propre argent. Tu dois juste décider si je vous les vends, à vous ou à quelqu'un d'autre.

Baldabiou ne s'y attendait pas. C'était comme de voir gagner le manchot, au dernier coup, sur un quatre bandes, une géométrie impossible.

42.

Baldabiou annonça aux éleveurs de Lavilledieu que Pasteur était peu crédible, que ces
deux Italiens avaient déjà escroqué une bonne
moitié de l'Europe, qu'au Japon la guerre serait
terminée avant l'hiver et que sainte Agnès, en
rêve, lui avait demandé s'ils n'étaient pas tous
une armée de trouille-au-cul. À Hélène seulement il ne put mentir.

— Est-il vraiment nécessaire qu'il parte, Baldabiou ?

— Non.

— Alors, pourquoi ?

— Je ne peux pas l'en empêcher. Et s'il veut
aller là-bas, je peux seulement lui donner une
raison de plus pour revenir.

Tous les éleveurs de Lavilledieu versèrent,
bon gré mal gré, leur quote-part pour financer
l'expédition. Hervé Joncour commença ses
préparatifs et, aux premiers jours d'octobre, fut
prêt à partir. Hélène, comme toutes les années,
l'aida, sans rien lui demander, et en lui cachant
ce qui pouvait l'inquiéter. Le dernier soir seulement, après avoir éteint la lumière, elle trouva
la force de lui dire

— Promets-moi que tu reviendras.

78

D'une voix ferme, sans douceur.
– Promets-moi que tu reviendras.
Dans le noir, Hervé Joncour répondit
– Je te le promets.

43.

Le 10 octobre 1864, Hervé Joncour partit
pour son quatrième voyage au Japon. Il passa
la frontière près de Metz, traversa le Wurtemberg et la Bavière, pénétra en Autriche, atteignit par le train Vienne puis Budapest, et poursuivit jusqu'à Kiev. Il parcourut à cheval deux
mille kilomètres de steppe russe, franchit les
monts Oural, entra en Sibérie, voyagea pendant
quarante jours avant d'atteindre le lac Baïkal,
que les gens de l'endroit appelaient : le saint. Il
redescendit le cours du fleuve Amour, longeant
la frontière chinoise jusqu'à l'Océan, et quand
il fut à l'Océan, resta onze jours dans le port de
Sabirk en attendant qu'un navire de contrebandiers hollandais l'amène à Capo Teraya, sur
la côte ouest du Japon. À cheval, en empruntant les routes secondaires, il traversa les provinces d'Ishikawa, Toyama, Niigata, et il pénétra dans celle de Fukushima. Quand il arriva à
Shirakawa, il trouva la ville à demi détruite, et
une garnison de soldats du gouvernement qui
bivouaquait dans les ruines. Il contourna la ville
par l'est et pendant cinq jours attendit en vain
l'émissaire d'Hara Kei. À l'aube du sixième
jour, il partit vers les collines, en direction du

Nord. Il n'avait que quelques cartes, approximatives, et ce qu'il lui restait de ses souvenirs. Il erra pendant plusieurs jours, jusqu'au moment où il reconnut une rivière, puis un bois, puis une route. Au bout de la route, il trouva le village d'Hara Kei : entièrement brûlé : les maisons, les arbres, tout.

Il n'y avait plus rien.

Pas âme qui vive.

Hervé Joncour resta immobile, regardant l'énorme brasier éteint. Il avait derrière lui une route longue de huit mille kilomètres. Et devant lui, rien. Brusquement, il vit ce qu'il croyait invisible.

La fin du monde.

44.

Hervé Joncour resta pendant des heures au milieu des ruines. Il n'arrivait pas à partir, bien qu'il sût que chaque heure, perdue là, pouvait signifier le désastre, pour lui, et pour Lavilledieu tout entier : il n'avait pas les œufs et, même s'il en avait trouvé, il ne lui restait plus que deux petits mois pour traverser le monde avant qu'ils n'éclosent, se transformant en un tas de larves inutiles. Même un seul jour de retard pouvait signifier la fin. Il le savait, et pourtant il n'arrivait pas à partir. Il resta donc là, jusqu'au moment où il se passa quelque chose de surprenant et d'absurde : du néant, tout à coup, surgit un jeune garçon. Vêtu de haillons, il marchait lentement, fixant l'étranger avec la peur dans les yeux. Hervé Joncour ne bougea pas. Le garçon fit encore quelques pas, et s'arrêta. Ils restèrent là, à se regarder, à quelques mètres l'un de l'autre. Puis le garçon prit quelque chose sous ses haillons, s'approcha d'Hervé Joncour en tremblant de peur, et le lui tendit. Un gant. Hervé Joncour revit la rive d'un lac, et une robe orangée abandonnée par terre, et les petites ondes qui déposaient l'eau sur le bord, comme envoyées là, de très loin. Il prit le gant et sourit au garçon.

– C'est moi, le Français… l'homme de la soie, le Français, tu comprends ?… c'est moi.

Le garçon cessa de trembler.

– Français…

Il avait les yeux brillants, mais il riait. Il commença à parler, criant presque, et à courir, en faisant signe à Hervé Joncour de le suivre. Il disparut dans un sentier qui pénétrait dans le bois, en direction des montagnes.

Hervé Joncour ne bougea pas. Il tournait ce gant entre ses mains, comme s'il était la seule chose qui lui fût restée d'un monde englouti. Il savait que maintenant c'était trop tard. Et qu'il n'avait pas le choix.

Il se leva. Lentement, il s'approcha de son cheval. Monta en selle. Puis fit quelque chose de bizarre. Il serra les talons contre le ventre de l'animal. Et partit. En direction du bois, derrière le garçon, de l'autre côté de la fin du monde.

45.

Ils voyagèrent pendant plusieurs jours, remontant vers le Nord, à travers les montagnes. Hervé Joncour ignorait où ils allaient : mais il laissa le garçon le guider, sans tenter de l'interroger. Ils rencontrèrent deux villages. Les gens se cachaient dans les maisons. Les femmes se sauvaient. Le garçon s'amusait comme un fou à leur crier après des choses incompréhensibles. Il n'avait pas plus de quatorze ans. Il n'arrêtait pas de souffler dans un petit instrument en roseau dont il tirait les cris de tous les oiseaux du monde. On aurait dit qu'il vivait le plus beau moment de sa vie.

Le cinquième jour, ils arrivèrent en haut d'un col. Le garçon désigna un point, devant eux, sur la route qui descendait dans la vallée. Hervé Joncour prit sa longue-vue, et ce qu'il vit était une sorte de cortège : des hommes armés, des femmes et des enfants, des chariots, des animaux. Un village entier : sur les chemins. Il vit, à cheval, vêtu de noir, Hara Kei. Derrière lui se balançait une chaise à porteurs fermée sur les quatre côtés par des pièces d'étoffe aux couleurs éclatantes.

46.

Le petit garçon descendit du cheval, dit quelque chose, et se sauva. Avant de disparaître parmi les arbres, il se retourna et resta là un instant, cherchant un geste pour dire que ç'avait été un très beau voyage.

– Ç'a été un très beau voyage, lui cria Hervé Joncour.

Toute la journée, Hervé Joncour suivit, de loin, la caravane. Quand il la vit s'arrêter pour la nuit, il continua d'avancer sur la route, jusqu'à ce que deux hommes armés viennent à sa rencontre, qui prirent son cheval et ses bagages, et l'emmenèrent dans une tente. Il attendit longtemps, puis Hara Kei arriva. Il ne salua pas. Ne s'assit pas non plus.

– Comment êtes-vous arrivé jusqu'ici, Français ?

Hervé Joncour ne répondit pas.

– Je vous ai demandé qui vous a amené jusqu'ici.

Silence.

– Il n'y a rien ici pour vous. Il n'y a que la guerre. Et ce n'est pas la vôtre. Allez-vous-en.

Hervé Joncour sortit une petite bourse de cuir, l'ouvrit et la vida sur le sol. Des écailles d'or.

– La guerre est un jeu qui coûte cher. Vous avez besoin de moi. Et moi j'ai besoin de vous.

Hara Kei ne regarda même pas l'or répandu sur le sol. Il tourna le dos et s'en alla.

47.

Hervé Joncour passa la nuit en bordure du camp. Personne ne lui parla, personne ne semblait le voir. Les gens dormaient par terre, près des feux. Il y avait deux tentes seulement. Près de l'une d'elles, Hervé Joncour vit la chaise à porteurs, vide : accrochées aux quatre coins, de petites cages : des oiseaux. Aux mailles des cages pendaient de petites clochettes d'or. Elles tintaient, légères, dans la brise de la nuit.

48.

Quand il se réveilla, il vit autour de lui le village qui s'apprêtait à se remettre en route. Il n'y avait plus les tentes. La chaise à porteurs était encore là, ouverte. Les gens montaient dans les chariots, en silence. Il se leva, regarda longuement autour de lui, mais les yeux qui croisaient les siens avaient tous une forme orientale, et se baissaient aussitôt. Il vit des hommes armés, et des enfants qui ne pleuraient pas. Il vit les visages muets qu'ont les gens quand ils sont en fuite. Et il vit un arbre, au bord de la route. Et accroché à une branche, pendu, le garçon qui l'avait amené jusque-là.

Hervé Joncour s'approcha, et resta là un moment, à le regarder, comme hypnotisé. Puis il dénoua la corde attachée à l'arbre, recueillit le corps du jeune garçon, l'étendit sur le sol et s'agenouilla près de lui. Il n'arrivait pas à détacher ses yeux de ce visage. C'est ainsi qu'il ne vit pas le village se remettre en chemin mais entendit seulement, comme de très loin, le bruit de cette procession qui le frôlait, remontant la route. Il ne leva pas les yeux, même quand il entendit la voix d'Hara Kei, à deux pas de lui, qui disait

– Le Japon est un très ancien pays, le saviez-vous ? Sa loi est très ancienne : elle dit qu'il existe douze crimes pour lesquels il est permis de condamner un homme à mort. Et l'un de ces crimes est d'accepter de porter un message d'amour pour sa maîtresse.

Hervé Joncour ne quitta pas des yeux le visage du jeune garçon tué.

– Il ne portait aucun message d'amour.

– C'est *lui* qui était un message d'amour.

Hervé Joncour sentit quelque chose appuyer contre sa nuque, et lui faire courber la tête vers le sol.

– C'est un fusil, Français. Je vous demande de ne pas lever les yeux.

Hervé Joncour ne comprit pas tout de suite. Puis il entendit, dans le bruissement de cette procession en fuite, le son doré de mille clochettes minuscules qui se rapprochaient, petit à petit, et bien qu'il n'eût devant les yeux que cette terre noire, il l'imaginait, cette chaise à porteurs, oscillant comme un pendule, il la voyait, presque, remonter le chemin, mètre par mètre, et se rapprocher, lente mais implacable, portée par ces sons qui deviennent de plus en plus forts, insupportablement forts, et de plus en plus proches, proches à le frôler, un vacarme doré, là, devant lui, exactement devant lui maintenant – à cet instant précis – devant lui.

Hervé Joncour releva la tête.

Des étoffes merveilleuses, des tissus de soie, tout autour de la chaise à porteurs, mille couleurs, orange, blanc, ocre, argent, pas la moindre ouverture dans ce nid magnifique, juste le bruissement de ces couleurs ondoyant dans l'air, impénétrables, plus légères que rien.

Hervé Joncour n'entendit pas une explosion faucher sa vie. Il sentit ces sons s'éloigner, le canon du fusil s'écarter, et la voix d'Hara Kei dire doucement

– Allez-vous-en, Français. Et ne revenez plus jamais.

49.

Seulement le silence, sur la route. Le corps d'un jeune garçon, par terre. Un homme agenouillé. Jusqu'aux dernières lueurs du jour.

50.

Hervé Joncour mit onze jours pour atteindre Yokohama. Il corrompit un fonctionnaire japonais et se procura seize cartons d'œufs, qui provenaient du sud de l'île. Il les enveloppa dans des linges de soie et les scella à l'intérieur de quatre boîtes en bois, rondes. Il réussit à s'embarquer pour le continent, et aux premiers jours de mars arriva sur la côte russe. Il choisit la voie la plus au nord, cherchant le froid pour bloquer la vie des œufs et prolonger le temps qui restait avant leur éclosion. Il traversa à marche forcée quatre mille kilomètres de Sibérie, franchit les monts Oural et arriva à Saint-Pétersbourg. À prix d'or, il acheta des quintaux de glace et les chargea, avec les œufs, dans la cale d'un cargo qui se rendait à Hambourg. Il fallut six jours pour y arriver. Il déchargea ses quatre boîtes en bois, rondes, et monta dans un train qui allait vers le Sud. Au bout de onze heures de voyage, juste à la sortie d'un village appelé Eberfeld, le train s'arrêta pour faire provision d'eau. Hervé Joncour regarda autour de lui. Un soleil estival brillait, sur le vert des champs de blé, et sur le monde entier. En face de lui était assis un négociant russe : il avait ôté ses chaussures et s'éventait avec la dernière page d'un journal écrit en allemand. Hervé Joncour le regarda. Il vit les taches de sueur sur sa chemise et les gouttes qui perlaient à son front et sur son cou. Le Russe dit quelque chose, en riant. Hervé Joncour lui sourit, se leva, prit ses bagages et descendit du train. Il le remonta jusqu'au dernier wagon, un fourgon de marchandises qui transportait du poisson et de la viande, conservés dans la glace. L'eau dégoulinait comme d'une cuvette transpercée par des milliers de projectiles. Il ouvrit la porte du fourgon, monta sur la plate-forme, et prit l'une après l'autre ses boîtes en bois, rondes, les emporta à l'extérieur et les posa par terre, à côté des rails. Puis il referma la porte, et attendit. Quand le train fut prêt à partir, on lui hurla de faire vite et de remonter. Il répondit en hochant la tête, et en envoyant un salut. Il vit le train s'éloigner, puis disparaître. Il attendit de ne plus entendre un seul bruit. Puis il se pencha sur une des boîtes, fit sauter les cachets et l'ouvrit. Il procéda de même avec chacune des trois autres. Lentement, soigneusement.

Des millions de larves. Mortes.

On était le 6 mai 1865.

51.

Hervé Joncour entra à Lavilledieu neuf jours plus tard. Sa femme Hélène vit de loin la voiture remonter l'allée ombragée de la maison. Elle se dit qu'elle ne devait pas pleurer, et qu'elle ne devait pas s'enfuir.

Elle descendit jusqu'à la porte d'entrée, l'ouvrit et s'arrêta sur le seuil.

Quand Hervé Joncour arriva près d'elle, elle sourit. Il la serra dans ses bras, et lui dit doucement

— Reste avec moi, je te le demande.

La nuit, ils veillèrent tard, assis sur la pelouse devant la maison, l'un près de l'autre. Hélène parla de Lavilledieu, et de tous ces mois passés à attendre, et aussi des derniers jours, horribles.

— Tu étais mort.

Dit-elle.

— Et il n'y avait plus rien de beau, au monde.

52.

Dans les fermes, à Lavilledieu, les gens regardaient les mûriers couverts de feuilles et voyaient leur ruine. Baldabiou avait trouvé un approvisionnement en œufs, mais les larves mouraient dès qu'elles sortaient à la lumière. La soie grège obtenue à partir des rares qui avaient survécu suffisait à peine à faire travailler deux des sept filatures que comptait le pays.

– Tu n'aurais pas une idée ? demanda Baldabiou.

– Une, répondit Hervé Joncour.

Il fit savoir le lendemain qu'il avait l'intention, cet été-là, de commencer la construction du parc autour de sa maison. Il engagea des hommes et des femmes, dans le bourg, par dizaines. Ils déboisèrent la colline et en émoussèrent la forme, adoucissant la pente qui descendait vers la vallée. Avec des arbres et des haies, ils dessinèrent sur le sol des labyrinthes légers et transparents. Avec des fleurs de toutes sortes, ils créèrent des jardins qui s'ouvraient comme des clairières, par surprise, au cœur de petits bosquets de bouleaux. Ils firent venir l'eau, depuis la rivière, et la firent redescendre, de fontaine en fontaine, jusqu'à la limite occidentale du parc, où elle formait un petit lac, entouré de prairies. Au sud, au milieu des citronniers et des oliviers, ils construisirent une grande volière, faite de bois et de fer, on aurait dit une broderie suspendue dans l'air.

Ils travaillèrent pendant quatre mois. À la fin de septembre, le parc fut prêt. Personne, à Lavilledieu, n'avait jamais rien vu de pareil. Les gens disaient qu'Hervé Joncour y avait dépensé tout son capital. Ils disaient aussi qu'il était revenu différent, malade peut-être, du Japon. Ils disaient qu'il avait vendu les œufs aux Italiens, et qu'il avait maintenant une fortune en or qui l'attendait dans les banques à Paris. Ils disaient que s'il n'y avait pas eu son parc, ils seraient tous morts de faim, cette année-là. Ils disaient que c'était un escroc. Ils disaient que c'était un saint. Certains disaient : il a quelque chose, comme une sorte de malheur sur lui.

53.

Tout ce qu'Hervé Joncour dit, de son voyage, fut que les œufs avaient éclos, dans un village près de Cologne, et que ce village s'appelait Eberfeld.

Quatre mois et treize jours après son retour, Baldabiou vint s'asseoir en face de lui, au bord du lac, à la limite occidentale du parc, et lui dit

— De toute façon, il faudra bien que tu la racontes à quelqu'un, un jour ou l'autre, la vérité.

Il le dit doucement, en faisant un effort, car il ne croyait pas que la vérité pût, jamais, servir à quelque chose.

Hervé Joncour porta son regard vers le parc.

Il y avait l'automne, et une fausse lumière, partout.

— La première fois que j'ai vu Hara Kei, il portait une tunique sombre, il était assis les jambes croisées, immobile, dans un coin de la pièce. Étendue près de lui, la tête posée sur ses genoux, il y avait une femme. Ses yeux n'avaient pas une forme orientale, et son visage était celui d'une jeune fille.

Baldabiou écouta, en silence, jusqu'à la fin, jusqu'au train à Eberfeld.

Il ne pensait rien.

Il écoutait.

Il eut mal d'entendre, à la fin, Hervé Joncour dire doucement

– Je n'ai même jamais entendu sa voix.

Et un instant plus tard :

– C'est une souffrance étrange.

Doucement.

– Mourir de nostalgie pour quelque chose que tu ne vivras jamais.

Ils remontèrent le parc en marchant côte à côte. La seule chose que dit Baldabiou, ce fut

– Mais pourquoi diable fait-il ce froid de canard ?

Dit-il, à un moment.

54.

Au début de la nouvelle année – 1866 – le Japon autorisa officiellement l'exportation des œufs de vers à soie.

Pendant la décennie suivante, la France irait jusqu'à importer pour dix millions de francs d'œufs japonais.

À partir de 1869, avec l'ouverture du canal de Suez, se rendre au Japon n'allait d'ailleurs plus demander que vingt jours de voyage. Et en revenir, un peu moins.

La soie artificielle serait brevetée en 1884 par un Français nommé Chardonnet.

55.

Six mois après son retour à Lavilledieu, Hervé Joncour reçut par la poste une enveloppe de couleur moutarde. Quand il l'ouvrit, il y trouva sept feuilles de papier, couvertes d'une écriture dense et géométrique : encre noire : idéogrammes japonais. Hormis le nom et l'adresse sur l'enveloppe, il n'y avait pas un seul mot écrit en caractères occidentaux. D'après les timbres, la lettre semblait venir d'Ostende.

Hervé Joncour la feuilleta, et l'examina longtemps. On aurait dit un catalogue d'empreintes de petits oiseaux, dressé avec une méticuleuse folie. C'était surprenant de penser qu'en fait c'étaient des signes, la cendre d'une voix brûlée.

56.

Pendant des semaines, Hervé Joncour garda
la lettre sur lui, pliée en deux, glissée dans sa
poche. Quand il changeait de costume, il
remettait la lettre en place dans le nouveau.
Jamais il ne l'ouvrit pour la regarder. De temps
en temps, il la tournait entre ses doigts, pendant qu'il parlait avec un métayer, ou attendait
que l'heure du dîner arrive, assis sous la
véranda. Un soir, il se mit à l'examiner contre
la lumière de la lampe, dans son bureau. En
transparence, les empreintes de ces oiseaux
minuscules parlaient, d'une voix étouffée. Elles
disaient quelque chose d'absolument insigni-
fiant, ou bien capable de bouleverser une existence : c'était impossible de le savoir, et cette
idée plaisait à Hervé Joncour. Il entendit
Hélène arriver. Il posa la lettre sur la table. Elle
s'approcha et, comme tous les soirs, avant de
se retirer dans sa chambre, voulut lui donner
un baiser. Quand elle se pencha vers lui, sa chemise de nuit s'entrouvrit légèrement, sur sa poitrine. Hervé Joncour vit qu'elle ne portait rien,
dessous, et que ses seins étaient petits, d'un
blanc immaculé comme ceux d'une jeune fille.
Pendant quatre jours, il continua de mener

sa vie, sans rien changer aux rites prudents de ses journées. Le matin du cinquième jour, il mit un élégant complet gris et partit pour Nîmes. Il annonça qu'il serait de retour avant le soir.

57.

Rue Moscat, au numéro 12, tout était pareil que trois années plus tôt. La fête n'était toujours pas terminée. Les filles étaient toutes jeunes et françaises. Le pianiste jouait, en sourdine, des airs aux senteurs de Russie. C'était peut-être la vieillesse, peut-être quelque sale douleur : à la fin de chaque morceau, il ne se passait plus la main droite dans les cheveux, et ne murmurait plus, doucement,

– Voilà.

Il restait muet, regardant ses mains, déconcerté.

58.

Madame Blanche l'accueillit sans un mot. Ses cheveux noirs, brillants, son visage oriental, parfait. Petites fleurs bleues aux doigts, comme autant de bagues. Une robe longue, blanche, presque transparente. Pieds nus.

Hervé Joncour s'assit en face d'elle. Il sortit la lettre de sa poche.

— Vous vous souvenez de moi ?

Madame Blanche acquiesça d'un signe millimétrique de la tête.

— J'ai à nouveau besoin de vous.

Il lui tendit la lettre. Elle n'avait aucune raison de le faire mais elle la prit, et l'ouvrit. Elle regarda les sept feuillets, l'un après l'autre, puis elle leva les yeux vers Hervé Joncour.

— Je n'aime pas cette langue, monsieur. Je veux l'oublier, et je veux oublier ce pays, et ma vie là-bas, et tout le reste.

Hervé Joncour demeura immobile, les mains serrées sur les accoudoirs de son fauteuil.

— Je lirai cette lettre pour vous. Je le ferai. Et je ne veux pas d'argent. Mais je veux une promesse : ne revenez plus jamais me demander cela.

— Je vous le promets, madame.

Elle le regarda bien dans les yeux. Puis elle baissa le regard sur la première page de la lettre, papier de riz, encre noire.

– *Mon seigneur bien-aimé*

Dit-elle

– *n'aie pas peur, ne bouge pas, garde le silence, personne ne nous verra.*

59.

Reste ainsi, je veux te regarder, je t'ai tellement regardé, mais tu n'étais pas pour moi, et à présent tu es pour moi, ne t'approche pas, je t'en prie, reste comme tu es, nous avons une nuit pour nous seuls, et je veux te regarder, jamais je ne t'ai vu ainsi, ton corps pour moi, ta peau, ferme les yeux, et caresse-toi, je t'en prie,

dit Madame Blanche, Hervé Joncour écoutait,

n'ouvre pas les yeux, si tu le peux, et caresse-toi, tes mains sont si belles, j'ai rêvé d'elles tant de fois que je veux les voir maintenant, j'aime les voir ainsi, sur ta peau, continue je t'en prie, n'ouvre pas les yeux, je suis là, personne ne peut nous voir et je suis près de toi, caresse-toi mon bien-aimé seigneur, caresse ton sexe, je t'en prie, tout doucement,

elle s'arrêta, Continuez, je vous en prie, dit-il, *elle est belle, ta main sur ton sexe, ne t'arrête pas, j'aime la regarder et te regarder, mon bien-aimé seigneur, n'ouvre pas les yeux, pas encore, tu ne dois pas avoir peur, je suis près de toi, m'entends-tu ? je suis là, à te frôler, c'est de la soie, la sens-tu ? c'est la soie de ma robe, n'ouvre pas les yeux et tu auras ma peau,* dit-elle, lisant doucement, avec la voix d'une femme-enfant,

tu auras mes lèvres, quand je te toucherai pour la première fois ce sera avec mes lèvres, tu ne sauras pas où, à un certain moment tu sentiras la chaleur de mes lèvres, sur toi, tu ne sauras pas où si tu n'ouvres pas les yeux, ne les ouvre pas, tu sentiras ma bouche, tu ne sauras pas où, tout à coup,

il écoutait, immobile, de la pochette de son complet gris dépassait un mouchoir blanc, immaculé,

ce sera peut-être dans tes yeux, j'appuierai ma bouche sur tes paupières et sur tes cils, tu sentiras la chaleur pénétrer à l'intérieur de ta tête, et mes lèvres dans tes yeux, dedans, ou bien ce sera sur ton sexe, j'appuierai mes lèvres, là, et je les entrouvrirai en descendant peu à peu,

dit-elle, et sa tête était penchée sur les feuilles, et elle effleurait son cou du bout des doigts, lentement,

je laisserai ton sexe ouvrir ma bouche, pénétrer entre mes lèvres, presser contre ma langue, ma salive descendra le long de ta peau jusque dans ta main, mon baiser et ta main, l'un et l'autre mêlés, sur ton sexe,

il écoutait, il tenait son regard fixé sur un cadre d'argent, vide, accroché au mur,

et puis à la fin je baiserai ton cœur, parce que je te veux, je mordrai la peau qui bat sur ton cœur,

parce que je te veux, et quand j'aurai ton cœur
sous mes lèvres tu seras à moi, vraiment, avec ma
bouche dans ton cœur tu seras à moi, pour tou-
jours, si tu ne me crois pas alors ouvre les yeux
mon bien-aimé seigneur et regarde-moi, je suis
là, quelqu'un pourra-t-il jamais effacer cet ins-
tant, mon corps que la soie ne recouvre plus, tes
mains qui le touchent, tes yeux qui le regardent,

dit-elle, et elle s'était penchée vers la lampe,
la lumière éclairait les feuilles et passait à travers sa robe transparente,

tes doigts dans mon sexe, ta langue sur mes lèvres,
toi qui glisses sous moi, et prends mes hanches, et
me soulèves, et me laisses glisser sur ton sexe, dou-
cement, quelqu'un pourrait-il effacer cela, toi qui
en moi lentement bouges, tes mains sur mon
visage, tes doigts dans ma bouche, le plaisir dans
tes yeux, ta voix, tu bouges lentement et cela me
fait presque mal, mon plaisir, ma voix,

il écoutait, il se tourna à un moment pour la
regarder, la vit, voulut baisser les yeux mais ne
le put,

mon corps sur le tien, ton dos qui me soulève, tes
bras qui ne me laissent pas partir, les coups à l'in-
térieur de moi, la violence et la douceur, je vois
tes yeux chercher les miens, ils veulent savoir jus-
qu'où me faire mal, jusqu'où tu veux, mon bien-
aimé seigneur, il n'y a pas de fin, cela ne peut
finir, ne le vois-tu pas ? personne jamais ne

pourra effacer cet instant, pour toujours tu lan-
ceras ta tête en arrière, en criant, pour toujours
je fermerai les yeux, laissant mes larmes se déta-
cher de mes cils, ma voix dans la tienne, ta vio-
lence à me tenir serrée, il n'y a plus de temps
pour fuir ni de force pour résister, cet instant-là
devait être, cet instant est, crois-moi, mon bien-
aimé seigneur, et cet instant sera, maintenant et
à jamais, il sera, jusqu'à la fin,

dit-elle, dans un filet de voix, puis elle s'arrêta.

Il n'y avait pas d'autres signes, sur la feuille
qu'elle tenait à la main : la dernière. Mais quand
elle la retourna pour la poser, elle vit au verso
quelques signes encore, soigneusement alignés,
encre noire au centre de la page blanche. Elle
leva le regard sur Hervé Joncour. Ses yeux la
fixaient, et elle comprit que c'étaient des yeux
magnifiques. Elle regarda à nouveau la feuille.

– *Nous ne nous verrons plus, mon seigneur.*
Dit-elle.

– *Ce qui était pour nous, nous l'avons fait, et*
vous le savez. Croyez-moi : nous l'avons fait pour
toujours. Gardez votre vie à l'abri de moi. Et
n'hésitez pas un instant, si c'est utile à votre bon-
heur, à oublier cette femme qui à présent vous
dit, sans regret, adieu.

Elle continua quelques instants à regarder la
feuille, puis la posa sur les autres, à côté d'elle,

sur une petite table en bois clair. Hervé Joncour ne bougea pas. Mais il tourna la tête et baissa les yeux. Il regarda fixement le pli de son pantalon, à peine marqué mais parfait, sur sa jambe droite, de l'aine jusqu'au genou, impeccable.

Madame Blanche se leva, se pencha vers la lampe et l'éteignit. Il n'y eut plus dans la pièce que le peu de lumière qui, par la fenêtre, arrivait du salon. Elle s'approcha d'Hervé Joncour, fit glisser de son doigt une bague de minuscules fleurs bleues et la posa à côté de lui. Puis elle traversa la pièce, ouvrit une petite porte peinte, cachée dans le mur, et disparut en la laissant à demi fermée, derrière elle.

Hervé Joncour demeura longtemps dans cette lumière étrange, tournant dans ses doigts une bague de minuscules fleurs bleues. Du salon arrivaient les notes d'un piano fatigué : elles diluaient le temps, tu avais presque du mal à le reconnaître.

Finalement il se leva, s'approcha de la petite table en bois clair, rassembla les sept feuillets de papier de riz. Il traversa la pièce, passa sans se retourner devant la petite porte à demi fermée, et s'en alla.

60.

Hervé Joncour passa les années qui suivirent en choisissant pour lui-même l'existence limpide d'un homme n'ayant plus de besoins. Ses journées s'écoulaient sous la tutelle d'une émotion mesurée. À Lavilledieu, les gens recommencèrent à l'admirer, parce qu'il leur semblait voir en lui une manière exacte d'être au monde. Ils disaient qu'il était ainsi même dans sa jeunesse, avant le Japon.

Avec sa femme Hélène, il prit l'habitude, chaque année, de faire un petit voyage. Ils virent Naples, Rome, Madrid, Munich, Londres. Une année, ils poussèrent jusqu'à Prague, où tout leur sembla : théâtre. Ils voyageaient sans dates ni programmes. Tout les étonnait : en secret, leur bonheur aussi. Quand ils éprouvaient la nostalgie du silence, ils revenaient à Lavilledieu.

Si on le lui avait demandé, Hervé Joncour aurait répondu qu'ils allaient continuer de vivre ainsi, toujours. Il avait en lui la quiétude inentamable des hommes qui se sentent à leur place. Parfois, les jours de vent, il descendait à travers le parc jusqu'au lac, et restait pendant des heures, sur le bord, à regarder la surface de l'eau se rider en formant des figures imprévisibles qui brillaient au hasard, dans toutes les directions. De vent, il n'y en avait qu'un seul : mais sur ce miroir d'eau on aurait dit qu'ils étaient mille, à souffler. De partout. Un spectacle. Inexplicable et léger.

Parfois, les jours de vent, Hervé Joncour descendait jusqu'au lac et passait des heures à le regarder, parce qu'il lui semblait voir, dessiné sur l'eau, le spectacle léger, et inexplicable, qu'avait été sa vie.

61.

Le 16 juin 1871, dans l'arrière-salle du café de Verdun, peu avant midi, le manchot réussit un quatre bandes absurde, avec effet rétro. Baldabiou resta penché au-dessus de la table, une main derrière le dos, l'autre tenant sa queue de billard, incrédule.

– Ça alors.

Il se redressa, posa la queue de billard et sortit sans saluer. Trois jours plus tard, il partit. Il fit cadeau de ses deux filatures à Hervé Joncour.

– Je ne veux plus entendre parler de soie, Baldabiou.

– Vends-les, imbécile.

Personne ne réussit à lui faire cracher où diable il s'était mis en tête d'aller. Et pour faire quoi, en plus. Il dit seulement quelque chose à propos de sainte Agnès, que personne ne comprit vraiment.

Le matin où il partit, Hervé Joncour l'accompagna, avec Hélène, jusqu'à la gare du chemin de fer d'Avignon. Il avait avec lui une seule valise, ce qui était, là encore, passablement inexplicable. Quand il vit le train, arrêté le long du quai, il posa sa valise.

– Autrefois j'ai connu un type qui s'était fait construire un chemin de fer pour lui tout seul.

Dit-il.

– Et le plus beau, c'est qu'il l'avait fait tout droit, des centaines de kilomètres sans un seul virage. Il y avait une raison à ça, d'ailleurs, mais je l'ai oubliée. On oublie toujours les raisons. Quoi qu'il en soit : adieu.

Les conversations sérieuses, il n'était pas vraiment taillé pour. Et un adieu, c'est une conversation sérieuse.

Ils le virent s'éloigner, sa valise et lui, pour toujours.

Alors Hélène fit une drôle de chose. Elle s'écarta d'Hervé Joncour, et elle courut après Baldabiou, pour le rattraper, et elle le serra dans ses bras, fort, et tout en le serrant éclata en larmes.

Elle ne pleurait jamais, Hélène.

Hervé Joncour vendit les deux filatures pour un prix ridicule à Michel Lariot, un brave homme qui pendant vingt ans avait joué aux dominos, tous les samedis soir, avec Baldabiou, en perdant à chaque fois, avec une constance imperturbable. Il avait trois filles. Les deux premières s'appelaient Florence et Sylvie. Mais la troisième : Agnès.

62.

Trois années plus tard, pendant l'hiver de 1874, Hélène tomba malade, d'une fièvre cérébrale qu'aucun médecin ne put expliquer ni soigner. Elle mourut au début du mois de mars, un jour de pluie.

Pour l'accompagner, en silence, dans l'avenue qui montait au cimetière, tout Lavilledieu fut là : parce que c'était une femme délicate, qui n'avait pas répandu la souffrance autour d'elle.

Hervé Joncour fit graver sur sa tombe un seul mot.

Hélas.

Il remercia tout le monde, répéta mille fois qu'il n'avait besoin de rien, et rentra chez lui. Jamais la maison ne lui avait paru aussi grande : et jamais aussi illogique son destin.

Comme le désespoir était un excès qu'il ne connaissait pas, il se pencha sur ce qu'il lui était resté de sa vie, et recommença à en prendre soin, avec la ténacité inébranlable d'un jardinier au travail, le matin qui suit l'orage.

63.

Deux mois et onze jours après la mort d'Hélène, Hervé Joncour se trouva aller au cimetière et découvrir, à côté des roses qu'il déposait chaque semaine sur la tombe de sa femme, un anneau de minuscules fleurs bleues. Il se courba pour les examiner et resta longtemps dans cette position qui, de loin, n'aurait pas manqué d'apparaître, aux yeux d'éventuels témoins, singulière sinon même ridicule. Rentré chez lui, il ne sortit pas travailler dans le parc, comme il en avait l'habitude, mais resta dans son bureau, à réfléchir. Il ne fit rien d'autre, pendant plusieurs jours. Réfléchir.

64.

Rue Moscat, au numéro 12, il trouva l'atelier d'un tailleur. On lui dit que Madame Blanche n'était plus là depuis des années. Il réussit à savoir qu'elle avait déménagé à Paris, où elle était devenue la maîtresse d'un homme très important, peut-être même un homme politique.

Hervé Joncour alla à Paris.

Il mit cinq jours à découvrir où elle habitait. Il lui envoya un mot, en demandant à être reçu. Elle lui répondit qu'elle l'attendait le lendemain, à quatre heures. Ponctuel, il monta au deuxième étage d'un immeuble élégant du boulevard des Capucines. Une femme de chambre lui ouvrit. Elle l'introduisit dans un salon et le pria de s'asseoir. Madame Blanche arriva, dans une robe très élégante et très française. Elle avait les cheveux qui retombaient sur ses épaules, comme le voulait la mode parisienne. Elle n'avait pas de bagues de fleurs bleues, à ses doigts. Elle s'assit en face d'Hervé Joncour, sans dire un mot. Et attendit.

Il la regarda dans les yeux. Mais comme l'aurait fait un enfant.

– C'est vous qui l'avez écrite, n'est-ce pas, cette lettre ?

Dit-il.

– Hélène vous a demandé de l'écrire, et vous l'avez fait.

Madame Blanche resta immobile, sans baisser les yeux, sans trahir le moindre étonnement.

Puis elle dit

– Ce n'est pas moi qui l'ai écrite.

Silence.

– Cette lettre, c'est Hélène qui l'a écrite.

Silence.

– Elle l'avait déjà écrite quand elle est venue chez moi. Elle m'a demandé de la recopier, en japonais. Et je l'ai fait. C'est la vérité.

Hervé Joncour comprit à cet instant qu'il continuerait d'entendre ces mots sa vie entière. Il se leva mais demeura immobile, debout, comme si tout à coup il avait oublié où il devait aller. La voix de Madame Blanche lui arriva comme de très loin.

– Elle a même voulu me la lire, cette lettre. Elle avait une voix superbe. Et elle lisait ces phrases avec une émotion que je n'ai jamais pu oublier. C'était comme si elles étaient, mais vraiment, les siennes.

Hervé Joncour était en train de traverser la pièce, à pas très lents.

– Vous savez, monsieur, je crois qu'elle aurait désiré, plus que tout, *être cette femme*. Vous ne pouvez pas comprendre. Mais moi, je l'ai entendue lire cette lettre. Je sais que c'est vrai.

Hervé Joncour était arrivé devant la porte. Il posa la main sur la poignée. Sans se retourner, il dit doucement

– Adieu, madame.

Ils ne se revirent plus jamais.

65.

Hervé Joncour vécut encore vingt-trois années, la plupart d'entre elles serein et en bonne santé. Il ne s'éloigna plus de Lavilledieu et ne quitta pas, jamais, sa maison. Il administrait sagement ses biens, ce qui le garda pour toujours à l'abri de tout travail qui ne fût pas l'entretien de son parc. Avec le temps, il commença à s'accorder un plaisir qu'auparavant il s'était toujours refusé : à ceux qui venaient lui rendre visite, il racontait ses voyages. En l'écoutant, les gens de Lavilledieu apprenaient le monde, et les enfants découvraient l'émerveillement. Il racontait avec douceur, regardant dans l'air des choses que les autres ne voyaient pas.

Le dimanche, il allait jusqu'au bourg, pour la grand-messe. Une fois l'an, il faisait le tour des filatures, pour toucher la soie à peine née. Quand la solitude lui serrait le cœur, il montait au cimetière, parler avec Hélène. Le reste de son temps s'écoulait dans une liturgie d'habitudes qui réussissait à le défendre du malheur. Parfois, les jours de vent, Hervé Joncour descendait jusqu'au lac et passait des heures à le regarder, parce qu'il lui semblait voir, dessiné sur l'eau, le spectacle léger, et inexplicable, qu'avait été sa vie.

« LES GRANDES TRADUCTIONS »
(dernières parutions)

GUIDO CERONETTI
La Patience du brûlé
traduit de l'italien
par Diane Ménard
Un voyage en Italie
traduit de l'italien
par André Maugé

SÁNDOR MÁRAI
Les Braises
traduit du hongrois
par Marcelle et Georges Régnier

YUKO TSUSHIMA
*La femme qui court
dans la montagne*
traduit du japonais
par Liana Rosi

DORIS LESSING
Rire d'Afrique
traduit de l'anglais
par Pierre-Emmanuel Dauzat
Dans ma peau. Autobiographie
L'amour, encore
traduits de l'anglais
par Anne Rabinovitch

DAVID MALOUF
Je me souviens de Babylone
traduit de l'anglais (Australie)
par Robert Pépin

EDGAR HILSENRATH
*Le Retour au pays de
Jossel Wassermann*
traduit de l'allemand
par Christian Richard

VICTOR EROFEEV
Le Jugement dernier
traduit du russe
par Wladimir Berelovitch

MIA COUTO
Terre somnambule
Les Baleines de Quissico
traduits du portugais par
Maryvonne Lapouge-Pettorelli

JOHN MCGAHERN
Les Créatures de la terre
Le Pornographe
traduits de l'anglais
par Alain Delahaye

ANTHONY TROLLOPE
Le Premier Ministre
traduit de l'anglais
par Guillaume Villeneuve

BJÖRN RANELID
La Nostalgie du paon
Mon nom sera Stig Dagerman
traduits du suédois
par Christofer Bjurström

LUXUN
Cris
traduit du chinois
par Joël Bellassen, Feng Hanjin,

ALESSANDRO BARICCO
Châteaux de la colère
traduit de l'italien
par Françoise Brun
(Prix Médicis Étranger, 1995)

La composition de cet ouvrage
*a été réalisée par l'**Imprimerie BUSSIÈRE***
l'impression et le brochage ont été effectués
sur presse Cameron
*dans les ateliers de **Bussière Camedan Imprimeries***
à Saint-Amand-Montrond (Cher),
pour le compte des Éditions Albin Michel.

Achevé d'imprimer en novembre 2000.
N° d'édition : 19435. N° d'impression : 005195/1.
Dépôt légal : novembre 2000.